S e n r y u M a n y u k i
川柳漫遊記
川柳句集
うどん
新葉館出版

序

群馬県にお住まいの川柳の友、勢藤潤さんから面白いホッチキス止め手作りの川柳冊子を見せて頂いた。

表題は「川柳漫遊記」。

潤さんは番傘川柳本社同人で、知る人ぞ知る旅行魔だと認識しているが、その旅行先は日本国内に留まらず、海外への旅も半端ない数である。そしてその先々で川柳を詠んでおられ、その数もまた半端ないのである。

私もつい先日、スペインへ十日程家内と連れだって行ってきたばかりだったが、旅行者お決まりのカメラは持って行かず、先々の思い出にと五七五をメモして来た

というい きさつがある。川柳家の川柳は写真のアルバムと同じで、その句を読めばその句の成り立ちが思い出として甦り、スナップ写真と同じような働きをするようになっている。スナップ川柳、つまり「漫遊記川柳」という名称があってもいいのではないかと思われる。

平成十二年から二十五年まで、よくもこれだけの数を作られたものである。

川柳で言うところの「旅行吟」は作者本人や奥様、登場人物のファミリーの方々が先ず思い出とされるのが一番で、写真などの旅行アルバムなどは、他人が見てもあまり面白くはない（ような気がする）わけで、若い頃に撮りおいた旅行写真などは、輪ゴムで止めて引き出しの奥に眠っていたりする。

でも、これだけの句を放っておく手はない訳で、まとめて一冊にしておこうと思われるのは当然のことである。

と思ったところで、詳しく読んでいくと、持病の膝痛に悪戦苦闘されているかと思えば家族旅行でのじじ馬鹿ぶりも微笑ましいし、それぞれの国や地方ならではの風俗、動植物などにも川柳の眼が行き届いていて、ハタと思い当たるところがあった。

旅行吟としての川柳句集を私は見た事も聞いた事もないから、これは旅行川柳のバイブルになるかもしれないぞと密かに思っている。
最後に、何の脈略もないのだが、私がピックアップしておいた句の一部を挙げてみる。

三時半夜逃げのように旅に出る
果物が一番美味い機内食
一年中花が絶えない島に居る
計算機片手に巡るマーケット
ドルユーロクローネ円とややこしい
四百年かけて作ったカセドラル
カサローマ栄華の後の人の群れ
リピーターになりそう冬のマウイ島
遅れてもゆったりしてる現地人
クジラには迷惑だろう観光船
次々と知らぬ料理がやってくる

サンライズ今日も晴れだよバルト海
船内探検旅も終わりになってから
バッグ買い僕にも何か買えという
島巡り免税店が最終地
お別れの抱擁僕も大胆に

平成二十六年五月

番傘川柳本社同人
真島　清弘

川柳漫遊記

目次

海外漫遊記

日本漫遊記

表紙絵・イラスト／石沢　優

川柳漫遊記

海外漫遊記

チェコの旅（平成十六年）

以前研究室に留学していた
チェコの友人ルーディック君を
訪ねて七泊八日。

青い目の友に会いたい旅に出る
見送りはだ〜れも居ない二人旅
熟年の夢を探しにヨーロッパ
夢の中ブルーノートを聞きながら
空の上ビールはすでにハイネケン
眠いのにまだ夕方の四時だって

おもちゃ箱どどんと開けた鳥瞰図
お荷物がまだ出てこない出てこない
空港にルーディック君お待ちかね
若者が抱き合っているカレル橋
プラハ城のんびり望み飲むビール
真夜中にガイドブックに首ったけ
散歩してホテルの位置を確かめる
日本とはまるで違った野や畑
英語でのジョークのあとの苦笑い
悲しいなお城はみんな丘の上
中世の世界広がるクルムロフ
爆睡の二人を乗せてハイウエイ
正装は僕たちだけのコンサート

大観衆期待裏切る大時計
深夜にも若さ行き交うカレル橋
洗濯の音で目覚める七時です
聖人を切り取っているカレル橋
腹の虫パンとチキンに慣れたかな
階段をトントントンでプラハ城
四百年かけて作ったカセドラル
通り雨黄金小路のみやげ店
天国に行けない高所恐怖症
長いこと隠した秘密旅でバレ
缶ビール五本買っても五百円
寝てる間にビール一本空になり
湯を頼みカップラーメンすする夜

路面電車動き始める午前五時
ブルタバはモーツアルトが聞こえそう
旅なれた妻が一人でパッキング
中世の人も歩いた石畳
カールシュタイン　城はやっぱり丘の上
ガイドさん美人だからとついて行く
王様の左右　四人の妻の絵が
ボヘミアの森はお化けが住んでそう
梅干しと梅酢を持って日本から
Eメールお届けします皆さんに
おしゃべりを遠くに聞いて夢の中
ウインドウ少し開いた風がよい
おかしいね妻と英語で話してる

田舎には田舎のよさがありますね
テーブルに女主人の置手紙
教会まで歩くと街がわかります
東京で生まれたエバに教えられ
旅半ば疲れを癒すオルモッツ
ポンコツががんがん飛ばすチェコの道
Eメール返事来る人来ない人
弁当を作らぬ妻は夢の中
田園が聞こえてきそうチェコの朝
チェコ語には笑って返す散歩道
ドブレイラーノ今日ものんびり過ごします
長袖にセーター着込むチェコの夏
草を食む牛が車を睨みつけ

……………………………………

ナチュラルに生きているよねチェコの人
洞窟の説明分かるふりをする
山歩きここでこけたらお仕舞だ
雨上がりチェコの大地に射す光
プジョーでも飛ばしすぎてやしませんか
お守りはやはりあの娘の贈り物
お別れの食事ピアノが悲しいね
朝八時そろそろ起きてみませんか
方角も分からず歩く二人連れ
日本語につられて買ったお人形
民主化の嵐が去った大広場
昼下がりビールを飲んでひと寝入り
陽が沈むブルタバながめただ無言

夜十時街はこれから華を生む
二百円のサラダ二人で食べきれず
老夫婦イタリア人は楽しいね
五コルナを持って駆け込むトイレット
郷に入り食べたくなった日本食
カレル橋画家はそれぞれ癖があり
日本茶と味噌汁やはりいいですね
いつもなら新幹線の時間です
国籍を当てるのんびりした時間
お財布の紐を締めたり緩めたり
三ツ星のホテル笑顔があたたかい
時を告げ十二聖人ご登場
花嫁が飛び込んできたシナゴーグ

ユダヤ墓地足が向く人向かぬ人
方角の音痴チェコでも治らない
作務衣着て日本の坊主チェコを行く
想い出に最後の食事八百円
ブルタバの流れに遊ぶ親子連れ
朝夕で違った顔のカレル橋
空港で小銭数えて買う土産
帰ったらお寿司を食べに行きましょう
人参は丸のまんまじゃ食えませぬ
汁のないお蕎麦を食えと機内食
硬いパン欧米人は歯が丈夫
沢山のビールはあるが黒ビール
また来るねボヘミアの森さようなら

カナダの旅（平成十七年）

相方の友人ペギーを訪ねてカナダのニューファウンドランド島へ九泊十日。

暑い夏妻に連れられカナダ旅
旅先で何があるかも知らぬ旅
旅なれた妻に教わる旅マナー
旅先で喧嘩するなと子が諭す
レパントの海戦買って旅に出る
行列が出来る成田の滑走路

スッチーはおばさんばかりエアカナダ
飛び立った空から見てる遠花火
雲海の谷間に見えた白い家
ハネムーンと聞かれてそうだとも言えず
チケットを買わずに乗ったシャトルバス
お〜いおいそれは僕らのバッグです
時差ぼけで夜中の街で鳥になる
トロントの地図が分からず策を練る
市庁舎のリスにカメラも追いつけず
日曜は九時からですとサブウエイ
カサローマ栄華の後の人の群れ
没落の城に紋白蝶が飛ぶ
休館だ　探し歩いたミュージアム

古里の宿に帰ったランチ時
カナダでも昼寝しっかりしてござる
体型も色も色々おおカナダ
極寒の暮らしが見える地下の街
結局は満席を待つクルーズ船
ホテルから野球はいかがブルージェイズ
そよ風にうつらうつらの船の上
オンタリオ濁りの訳を知りたくて
この風で倒れやせぬか世界一
卒倒の覚悟で登る塔の上
塔の上ガラス乗る妻乗れぬ僕
パノラマの写真に足が震えてる
地下街で方向音痴また発揮

ビールならカナダ産より日本産
東京の気温にんまりしてしまう
あのバスかこのバスなのかナイアガラ
運ちゃんの早口ゆっくりとも言えず
ナイアガラ寄り道にある花の街
いいものも色々あったお土産屋
驚かぬ　心に決めてナイアガラ
ナイアガラ遠くで見ればただの滝
ナイアガラビル建ち並ぶ観光地
青カッパ楽し大人の水遊び
水難も女難の相も耐え忍ぶ
英会話僕より下手な異邦人
ワイナリー味も分からず試飲する

アイスワインここは安いと言われても
十ドルで済ませた今日の晩ご飯
川柳の夫家計簿つける妻
レパントの海戦いつか夢の中
北へ飛ぶローカル線を心配し
世界一CNタワー下に見て
北の島予備知識などありません
雲海の白を剥ぎ取る術がない
最果ての島で待ってた妻の友
抱擁の家内と握手だけの僕
コンビニも自販機もない島に居る
海鳥と汽笛行き交う霧の中
北の街旨い料理と音楽と

カントリー中味知らぬが聞き惚れる
霧が晴れ光に浮かぶ港町
夕焼けの海を見ていた一時間
お年寄り飲んで歌って夜中まで
霧霧霧何も見えない港町
お出かけに長い時間が欠伸する
意を決しシグナルヒルへ向かう道
大砲を撃ってみようか霧の中
カボットタワー家内は高所好きらしい
坂の街登り下りもよいこらしょ
言葉なくタイタニックの物語
お粗末な僕の英語が誉められる
雨の島傘を持たない暮らしにて

今晩の食事ペギーの両親と
年金の話日本も同じこと
雨の日もかもめは羽を休めない
海鳥の声と静かな波の音
かもめ飛ぶ港を眺め骨休め
タラ漁の船も休んでいる港
お土産が気になりだして道半ば
お土産はムースのふんと鳥のふん
セールスも値札剥がせば土産品
十四度日本の夏は暑かろう
雨雨雨傘をかざして二人連れ
博物館で習うカヌーの作り方
タクシーで帰るつもりが歩く羽目

スーパーで探す美女への贈り物
カナダでも天気予報は良く当たる
上り下り眺めはいいが丘の宿
学校で俳句教える国と知り
海鳥は眠らないのか夜も鳴く
海眺めのんびりとした朝が来る
ハローハロー見知らぬ同士声をかけ
川柳の夫の横で旅支度
朝刊にヒデキマツイの字が躍る
三人で一夜借り切るB&B
オーロラでも出ぬかのんびり北の果て
ご勝手にどうぞとメモが置いてある
遠くまで来ました鯨見える海

お笑いについていけない芝居小屋
コミカルな役者はどこか岡村似
シアターは寒さの街の社交場
B&B日本人の足跡が
お願いだ明日は少しは晴れてくれ
朝散歩犬に吠えられ引き返す
化粧など要らぬぞここは地の果てぞ
民宿のおやじはとても話好き
半袖は寒い長袖でも寒い
高速路ムース出ますというサイン
よそ見してランチを鳥に淩われる
イーグルも餌につられる時もある
船上で学ぶクラゲのイロハニホ

空青く飛行機雲が行列し
一列に並んでカヌー楽しそう
おおキャビン安い訳だよ湯が出ない
宝石を拾って歩く浜がある
ナイアガラ遠い昔のことのよう
絵葉書の森と湖ハイウエイ
分かるふり分からぬふりと使い分け
入るにも入れぬ会話聞いている
三呼吸遅れて理解する会話
イカリング肴にビール飲み比べ
神の手の妻が数える残り金
成すことも成せず朝日を浴びている
転寝の横で葉書を書く妻と

国旗ある国と国旗のない国と
人生に至福の時という時間
どこまでも水と緑の続く道
記念写真ムースの下で撮る理由
電子辞書シシャモ間違いかも知れぬ
どこまでもムース出そうなハイウエイ
あの夜のCD選ぶセントジョンズ
ニューオーリンズ紙面に踊るハリケーン
シグナルヒルズ僕ら護衛がありません
カリブーのお肉どうして食べようか
折り紙の笑いの横で飲むビール
早口の会話に返す苦笑い
セントジョンズヒデキマツイを知りませぬ

お別れの抱擁僕も大胆に
フロントで見つけたペギーのプレゼント
色々な想い出持って帰る朝
バッグには少し余裕があるという
有り金を妻に渡して帰路につく
隣の客はよく寝る客だ雲の上
少しだけ英語話せたカナダ旅
忘れ物記念に置いて帰ります
来年の予定を話す帰り道
兎も角も帰ってきたと子に知らす

チュニジアの旅（平成十九年）

スロバキアの友人スーザン夫妻とご主人の故郷チュニジアへ九泊十日。帰路はえらい目にあいました。

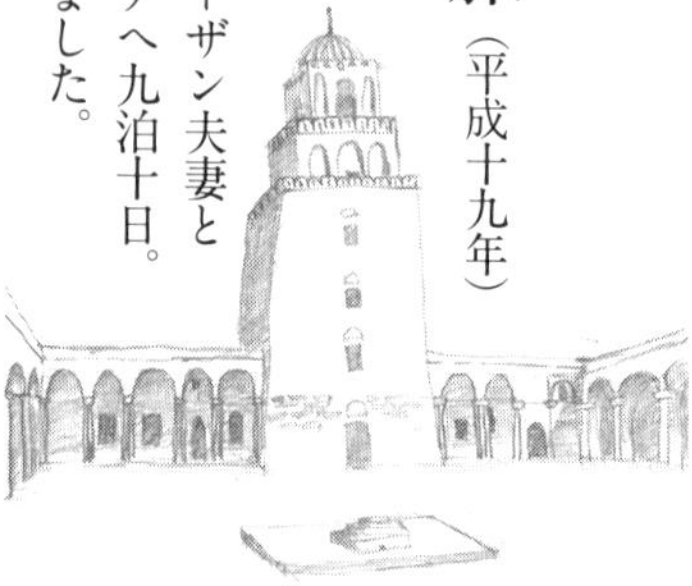

チュニジアへキリンとカバの夫婦旅
アフリカは暑いですよのご忠告
帽子でも選ぶか旅は妻任せ
選挙などどうでもいいと逃避行
梅雨明けを抜け出すバスが動けない
お土産の見当つかぬ旅である

旅慣れた振りをしている雲の上
機内食狭いテーブル転げ出る
エコノミーラジオ体操しませんか
ウィーンまでうつらうつらの空の旅
遅れたね笑いながらのハグをする
英会話言いたいことが出てこない
スロバキアかって知ったる家に着き
定位置と決めてた庭のハンモック
スロバキア一番鳥が鳴き始め
爽やかな風だなスロバキアの風
カメラには撮れるか風の匂いなど
子育て論スーザン熱くナダ苦笑
開票をインターネットでチェックする

どの記事も安倍惨敗を流す夕
株式は織り込み済みという世情
昼寝でもするかみんなはスパに行く
赤川次郎スロバキアでも面白い
スロバキアメニュー分からぬレストラン
立ち寄った家でしこたま飲んだ酒
帰るまで二キロ太るとナダの説
スロバキア昼寝欠かせぬ休養日
臨月のお腹抱えてエリカさん
チュニジアの魅力を語るレストラン
お土産にどうぞ日本の炊飯器
チュニジアへ荷物を作る早い朝
空港に大魚釣ったというメール

出国時呼び止められた妻の顔
空港は若い二人のキスの華
時差ボケかどこへ行っても眠たいよ
下は海一足飛びの地中海
アフリカかほんに遠くに来たもんだ
海の色負けてたまるかシャツの色
タクシーを値切ったナダの得意顔
値切ったらタクシーバスに追い抜かれ
オンボロの車運ちゃんよく喋る
オリーブの畑の中のハイウエイ
英語でも分からないのにアラビア語
レロイヤルここが僕らのホテルです
一週間食べ放題というホテル

田舎者広いホテルを探検す
五つ星トイレの床も大理石
カナヅチに無縁プールも砂浜も
浜辺には似合わぬカバとキリンさん
食べ放題ああ満腹じゃ満腹じゃ
おこぼれをどうぞ子猫が二、三匹
地中海沈む夕日が見たかった
サンライズビーチへ行ったかいがあり
カルタゴとスースの旅を予約する
エージェントみたいなナダの値引き癖
砂浜で待つと泳げぬ僕に言う
地中海足だけ浸かりご満悦
傘の下寝そべって読む昼下がり

ご予定はお決まりですか一週間
爽やかな風が砂浜吹き抜ける
ラクダにも船にも乗ると妻乗り気
日本へ読めない孫に出す葉書
バザールはどこも目移りするばかり
品物の価値が分からぬ異邦人
夜十時バザール包む人いきれ
ラクダさん置物みたい顔で居る
メジナにもディズニーみたい遊園地
チュニジアの食事なぜだか便秘気味
カルタゴへカップルばかりツアーバス
日の丸に出会うと何故か嬉しいよ
道端に古代ローマの遺跡あり

熱弁を奮う遺跡のガイドさん
カルタゴの丘もバザール人いきれ
やる気だな家内が値切り始めたぞ
半額で買った土産を自慢する
白い家チュニジアブルーの色が映え
完全でないから凄いモザイク画
のんびりした旅だランチが終わらない
のんびりと羊が草を食む大地
ケータイが異常知らせるナダの家
どろぼうが侵入したと大騒ぎ
どろぼうの知らせ僕には届かない
セキュリティ我が家に無いと自慢する
結局は母さん鍵をかけ忘れ

朝早く釣りをする人走る人
馬さえものんびり泳ぐ朝の海
定価などないぞすべては口次第
スーザンに軍配上がる口上手
ブランド品裏を返せば中国品
どさくさに紛れて又も買わされる
ラクダ乗り十分経てば面白い
少年の指図ラクダも意地を張る
九十分ラクダに揺られ野の散歩
余裕のある妻と余裕のない夫
覆面を被っただけでアルカイダ
ラクダの背普段の暮らしよく分かる
一大事帰りの便が飛ばないぞ

緊急時ネットで探す帰国便
イタリアに寄れば帰れるかもしれぬ
ナダ怒り僕らも怒るエージェント
チケットが取れたみんなの安堵感
定刻の前に出発ツアーバス
個性派がそろう今日のツアー客
土色の草を食んでる羊たち
土色が緑を増して街に着く
荘厳なグランドモスクただ見つめ
モスクには時計が五つありますよ
一面のモザイク持って帰りたい
三ヶ国語をこなしてガイド忙しい
ランチ時スイカが美味いレストラン

ターキーを平らげる人残す人
買う気などなにもないのにハウマッチ
絨毯に迷うスースのお土産屋
いい場所があると海まで連れてかれ
サンダルに石がささっていた不覚
白米が恋しくなった道半ば
ファミリーが揃ってナダの顔緩む
メモリーが一杯べリーダンスショー
定番のジュースパインとオレンジと
すいかまで付いた海賊船の旅
どこまでもホテル連なるリゾート地
飛び込めば底まで続く海の青
イケメンの海賊　ショーもお給仕も

海賊はこんなことまで出来ますよ
本当に恐い海賊など居ない
仕事など忘れてしまう海の風
昼下がり赤川次郎読む時間
コーランの祈り聞こえぬリゾート地
外国人とてもかなわぬラブラブ度
男女ともダイナマイトな人ばかり
四人して美人談義の夕食後
最終日朝日確かめまたベッド
ベランダで本を広げている家内
朝食は九時とスーザンの指令
エアコンが切れても過ごしやすい夏
持参したカップヌードルそのままに

荷造りを始めた妻と寝てる僕
爽やかな風だ地中海の風
サンダルの形に焼けた僕の夏
地中海雲の上から見る朝日
ビジネスに乗り舞い上がる田舎者
結局は持って帰れぬ炊飯器
ブランド品ゼロが多いと嘆く妻
定刻に着いた日本の暑い夏

ハワイ島の旅（平成十九年）

ハワイのいろんな島に行ってみようかと、
先ずはハワイ島へ五泊六日。

居候去って二人でゆるり旅
手続きも荷物もみんな妻任せ
会社から急ぐ空港妻が待つ
ハネムーンいいえ僕らはフルムーン
溶岩の中に飛行機舞い降りる

溶岩の島でのんびりしましょうか
戦争を体験したと運転手
オアシスの緑の中に荷を下ろす
ボートやらモノレールやら走る宿
セレブ達泊まるらしいぞワイコロア
何もせぬ自由貴重な宝物
静かだと思えば眠っている家内
五時間の違い仕事とハワイ島
ベランダで海を眺めている時間
舟と陽と心洗わるサンセット
空の青海の青さと風の青
旅先はインスタントの朝ごはん
目の前がティーグラウンドで落ち着けぬ

飛んでくるボール注意と散歩道
一人だけまともに飛んだティーショット
甘い風うつらうつらの昼下がり
長袖も半袖も良い体感度
スープでもいかがと妻の温い顔
カメハメハ墓はどこかにあると言う
雲の上登頂前のお弁当
四輪駆動雲の上まで駆け上がる
五分おきお水を飲んで山頂へ
ギンケンソウ荒地にそっと咲いている
マウナケア神を信じたサンセット
宇宙人信じてしまう星の数
天望鏡アンドロメダもシリウスも

天空にレザービームが駆け昇る
マウナケア人間なんてちっぽけね
うんこらしょ朝から僕は便秘気味
島巡り十一人の仲間たち
バスの旅眠気を誘うハワイアン
アカカ滝華厳の滝によく似てる
昼食が終わればうちとけるツアー
不揃いのパパイア中はイチゴ味
ツーショット撮りたがり屋のガイドさん
マウナケア行ったと自慢する二人
停まるたびトイレ勧めるガイドさん
昼食も早く切り上げヒロの街
島の色島を巡ると七変化

ご指定の土産求めるチョコの店
手作りのチョコの試食はいかがです
買い込んだチョコに思わぬおまけ付き
カメさんが待っていました黒い浜
カメさんに近寄らないで下さいね
キラウエア昔の栄華見てるよう
洞窟の中はパワースポットです
平坦な丘のようですマウナロア
マウナロア体積ならば世界一
コナコーヒーどれを飲んでも同じ味
喫茶店味覚音痴じゃ出せません
旅半ば金勘定が始まった
鳥たちのさえずり朝がやってくる

十五分待った赤飯ビール付き
ベランダでゴルファー達を品定め
下手くそな日本人たち姦しい
待たされる外人さんは大欠伸
嫌な奴バックティーまで行きやがる
広大なホテル見逃しないですか
団体で一本足のフラミンゴ
イルカたち休日らしい金曜日
可愛い子クジラ見るよりフラダンス
ベランダでクジラが跳ねる音を聞く
今度また来たいなクジラが跳ねる海
今度こそ持って来ようよ双眼鏡
コナビール一本だけじゃ物足りぬ

金持ちになった気分の夕ご飯

絵葉書に出てくるようなサンセット

想い出にボート一周ワイコロア

パスポート持っていますか帰り道

買わないが免税店を巡る妻

小銭だけ使い切ったと自慢する

いい時間頂きましたハワイ島

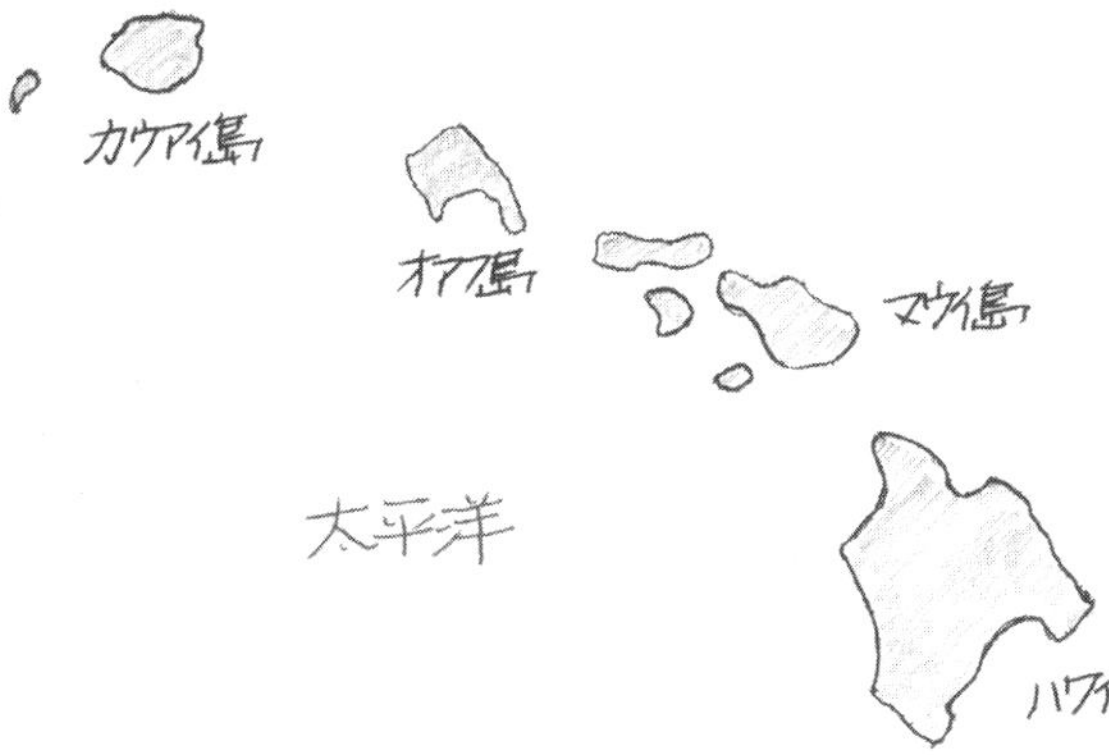

マウイ島の旅（平成二十年）

恒例になりそうな冬のハワイの島巡り。ハレアカラのサンライズは最高でした。

高見山が生まれた島で骨休め
今回もすべてお任せマウイ島
休んでも誰も迷惑しませんよ
発つ前に回る寿司屋でゲソを食う
お昼寝の時間アザレア号に居る
東京に向かう車の屋根の雪

行ってらっしゃい家内に入る子のメール
家内でも迷子になるよ北ウイング
携帯を切ってしばしの骨休め
見渡せばカップルばかりハワイ便
若さなら負けぬ二人で百二十
四席を二人で使う空の便
空の上眠りを誘うピアノ曲
空の上なぜかオナラがでて困る
機内食牛か豚かでもめてみる
半袖もジャケットも居る待合室
椰子の木の下で眠っている二人
春うらら乗り継ぎ便を待つ時間
ワイキキもダイヤモンドも下に見て

ウエスティンしばしお願い致します
恐怖症言ってなかった十一階
十一階眺めはいいが落ちそうで
双眼鏡クジラ見えると置いてある
時差ぼけにうつらうつらの時が過ぎ
お隣はブランド品のマーケット
ブランド品見るだけにしてＡＢＣ
フラミンゴ君はホテルの住人か
飛び跳ねるクジラ真似てる池の鯉
乾杯のビールがすすむサンセット
朝食はギャル曽根になるバイキング
ドッギーバッグバナナを二本持ち帰る
ラハイナへ一ドルで行くマウイバス

一ドルをかざすと止まってくれるバス
ラハイナをのんびり歩く二人連れ
二日目でお土産当たり付けました
頼まれた土産これだなクロックス
ラハイナの通りは人も個性的
ウォッチングクジラも都合あるだろう
ビルゲイツ同じ夕日を見ましたか
どちらかが起きればいいさ目覚しは
サンライズみんなで行こうハレアカラ
何処からと聞いたガイドは群馬県
ほやほやのツーカップルとご一緒だ
真夜中の眼下に光る海岸線
満天に極彩色の星が降る

南十字星プラネタリウムよりすごい
ガイドさん本職プロのカメラマン
絶壁に命覚悟でとるポーズ
無理やりにとらすポーズに慣れていく
サンライズそばに控えるマウナケア
トレッキング地雷は馬の落し物
クレーター人類の一歩印しあり
ロコモコをクラブハウスで食べる朝
カップルとメールアドレス教えあう
ハンニバル読めば読むほど眠れない
空港で日本のツアー待つ時間
運ちゃんに教わる日本の歴史
オバマなら世界変わると運ちゃんが

ガイドさん関西弁が標準語
大阪の女だガイドしゃべらはる
ハレアカラ昼間見るのも乙なもの
昨日とは違う色だねクレーター
雲上に顔出す雪のマウナケア
峡谷はマウイ固有の木々や花
シュッポッポ乗れば子供に帰ります
サトウキビ運んだ汽車に人が乗る
聖子ちゃん別れて不人気なチャーチ
ババガンプ僕の写真に足がない
サンセット鯨が潮を吹く海に
クジラなど期待はせずに乗ってみる
船長の笑顔に期待してしまう

海面を尾びれで叩く鯨君
目前でジャンプだ先に言ってくれ
クジラさんポーズはいつも海の中
鳴き声は威嚇かさては親しみか
親子連れ親が潜れば子も潜る
独身のメスにオス達競い合う
出現に船が傾く船に酔う
クジラには迷惑だろう観光船
これだけのクジラ見るならマウイ島
感激につられて買った写真集
半額で買ったクジラのネックレス
お土産の値札を剥がずいい時間
昼下がり読書の横でパッキング

リピーターになりそう冬のマウイ島
言葉など要らぬのんびりいい時間
波の音うたたねしてる風の音
夕焼け雲マウイ最後のサンセット

アメリカ西海岸クルーズの旅

（平成二十一年）

友人に誘われ初めてのクルーズ七泊八日。
すっかり気に入ってしまいました。

格安につられた二人船の旅
百五円六冊買って旅の友
川柳の宿題出して一安心
旅支度カバンの中味知らぬまま
冷蔵庫空っぽにして旅立ちぬ
庭の梅蕾はころぶ旅の朝

お土産は松井グッズと子供達
川柳のノート片手に海を越え
八日間会社さぼって船の旅
不況下に笑顔が乗ったアザレア号
新タワーこの前よりも空に伸び
休日はスイスイスイと空港へ
会ってみりゃ良く似たタイプ三家族
冗談が好きで笑いが大好きで
発つ前に次のツアーに誘われる
お誘いに乗れば五月は仕事なし
ツアー客四十四人のご出発
コリアンエアアテンダントは美人です
いつもなら昼寝の時間空の上

コリアンエア頼んだビールバドワイザー
ほろ酔いの後で書類を書けと言う
ビビンバが美味い韓国機内食
出口にて待てど暮らせど来ぬ仲間
ロングビーチきらきら光る海に居る
眠い眠い海見てここで倒れそう
七万トン僕らの船はパラダイス
避難訓練救命ボート目の前に
ジャグジーで訓練さぼる二人連れ
汽笛なくのそりと船が動き出す
船旅はいいな三食昼寝付き
カジュアルでいいと言うのにおめかしを
三家族　ワイン選びで談合す

ディナータイムお給仕さんが踊りだす
「もったいない」覚えたらしいウエイター
ビーフよりポーク好かれた晩ごはん
デザートはアイスお願いしてたのに
九十歳ショーを見ながら舟をこぐ
ＬＡの夜景を眺め太平洋
おっとっと夜中の二時に目が覚める
時差ぼけで辛い辛いよ長い夜
半袖じゃお寒いですよここも冬
奥方は朝飯よりも身繕い
沖に居て小船に乗ってカタリナ島
人よりも観光客が多い島
ガソリン車ＮＧですとカタリナ島

奥方はお店に入り出てこない
青い海遊ぶカモメと会話する
のんびりと海沿い歩き大欠伸
曇りでもここでは要らぬアンブレラ
学校はお休みですか親子連れ
好みだがサイズのでかい服ばかり
結局は妻の好みのでかい服
お昼寝に調子を合わす船の揺れ
お好みで部屋で寝ててもいい時間
目を覚ましゃ家内の姿部屋にない
気がつけばお船はすでに動き出し
おっとっと夕陽写真家遅刻かも
サンセット十四階まで駆け上る

カタリナの山の雲間に陽が沈む
太平洋どうだとばかりサンセット
サンセットカモメが一羽ハイポーズ
紳士ぶり決めて熟女に抱きつかれ
キャプテンと思いもかけぬツーショット
めかし込み冷や汗たらりツーショット
九十歳着慣れた白いタキシード
社長さんタキシードでも盛り上がる
壊れたか元々なのか社長さん
さあいくぞビールの次は白ワイン
僻んだらビールを注いだ大女将
眠いのか酔いつぶれたのかあのお方
ロブスターお肉ほどにはもたれない

山盛りのフライドポテト手を焼かす
ご主人に知らせなかった忘れ物
ショータイムラスベガスから来たダンサー
ショータイム眠りに入るお三方
帰り来りゃ明日の予定を告げる妻
船の傍アシカのんびり泳ぐ朝
十四階ゴルフする人走る人
エンセナーダメキシコ国旗見える街
朝食は独り　出会った旅仲間
エンセナーダ港はツアーバスの列
予約した妻も分からぬバスの旅
親切かガイドペラペラ喋らはる
少しだけ分かる英語も困りもの

焼酎のつもりで飲んだマルガリタ
飛ぶ鳥ものんびり見えるエンセナーダ
エルビスが流れ高速バスは行く
サービスは水で薄めた弱い酒
手荷物のチェック下船と乗船と
後ろから外人客がヘイミスター
振り向けば道路の上にマイカード
膝痛に許可を得ながら歩く道
お先にとうちらお船で友は街
ランチ時過ぎて賑わうレストラン
レストランオーマイガッド飛び交って
川柳が写真の数と競い合う
寿司バーでちょっとつまんだ腹ごなし

昼寝中完読「馬鹿が止まらない」
ご主人は昼寝ですかと聞くボーイ
マイベッドお猿と亀が占領す
赤帽がステップ踏んで楽しそう
談合で決めたチップは五ドル札
ミスターバリ今日も日本語お勉強
パラパラタイム僕も踊ってみたくなり
赤ワイン今日もほのかに酔うてみる
街の灯がゆるり流れていく船出
二十一ドル決めた写真は遺影用
千鳥足酒のせいではありません
サンライズ海風受けて待つ時間
サンライズシャッターチャンス電池切れ

朝日浴びゆるりコーヒー飲む時間
クルーズはいいねのんびりくつろげる
見逃した昨夜のショーはきみまろ風
ちょっと無理男性胸毛コンテスト
音楽が溢れるデッキひと寝入り
船酔いの薬飲んでも船の旅
ピアノバーみんなが好きなビートルズ
イケメンでいわくありげなピアニスト
好きな曲並べてみせるリクエスト
パッキング失敗すればパジャマだと
抽選会当てるつもりで当てました
三家族打ち上げ会も盛り上がる
安物のワインですよとご謙遜

値下げ品ゴッドファーザーと同じもの
ゴッドファーザー買ってもすぐに着ぬそうな
フェアウェルディナー胸いっぱいで食べられぬ
踊り子の着替えの早さ目を回す
誘われて舞台で踊るお客さん
メモリーが浮かんできます夢の中
窓開けりゃお船はすでにロスに着き
踊り子とご一緒したい朝ごはん
人数を数え続ける添乗員
新婚さん後に付くのは苦痛だな
入国審査怪しい奴が居るらしい
カバンからバナナ出てきていい訳を
コンダクター嬉しいことにジョーク好き

妻と見るサンタモニカの青い海
姉さんに電話通じた安堵感
西ハリウッドレインボーカラーゲイの街
ビバリーヒルズ買い物できぬブランド街
処方箋あれば大麻が買えますよ
チャイナタウン偶然会った乗務員
免税店奥方様の目が光る
男には手持ちぶさたの免税店
清潔なトイレなのだが便秘気味
ミヤコホテル今夜の宿は日本語で
姉さんがなかなか来ないどうしよう
長年のアメリカ暮らし合理的
姉さんの手作りランチ初の味

プレゼントのネクタイ更に若くなり
孫娘お洒落なドレス貰ったぞ
姉の家父母の写真とご対面
ゴミ箱に捨ててなかった僕の本
五車線が渋滞してるフリーウェイ
ミヤコホテル湯船で癒す旅の跡
六本で九ドルという缶ビール
日本と同じビールで夜が更ける
ホテルではＮＨＫが見れますよ
大笑い武田鉄矢の夫婦道
十分で眠れる本でまだ寝れぬ
姉さんの車待ってる七時半
パサディナへチャイナタウンをひと目みて

日米の値段の違いデニーズで
着いたのは孔雀が遊ぶ植物園
のんびりと花を愛でつつ歩く道
人間を恐れはしない鳥やリス
冬ですが五月の花が咲く小道
本屋さん女は店に僕は外
買い物の女ボクなど気にしない
ロスの空今日も雨とは無縁だと
ラファエロやレンブラントの美術館
美術館入場料はシニアです
無造作に並べられてるゴッホの絵
絵の意味は僕に分からぬ抽象画
モネぐらい頂きたいが監視員

姉さんが好きだと言う絵犬がいる
チャイナタウンランチ半分持ち帰る
リトル東京行列できる大黒屋
ラーメンが夢に出てくる帰国前
最終日有り金数え買う土産
最後まで免税店でねばる妻
妻からの請求書には執事料
ツアー客名残が惜しい解散地

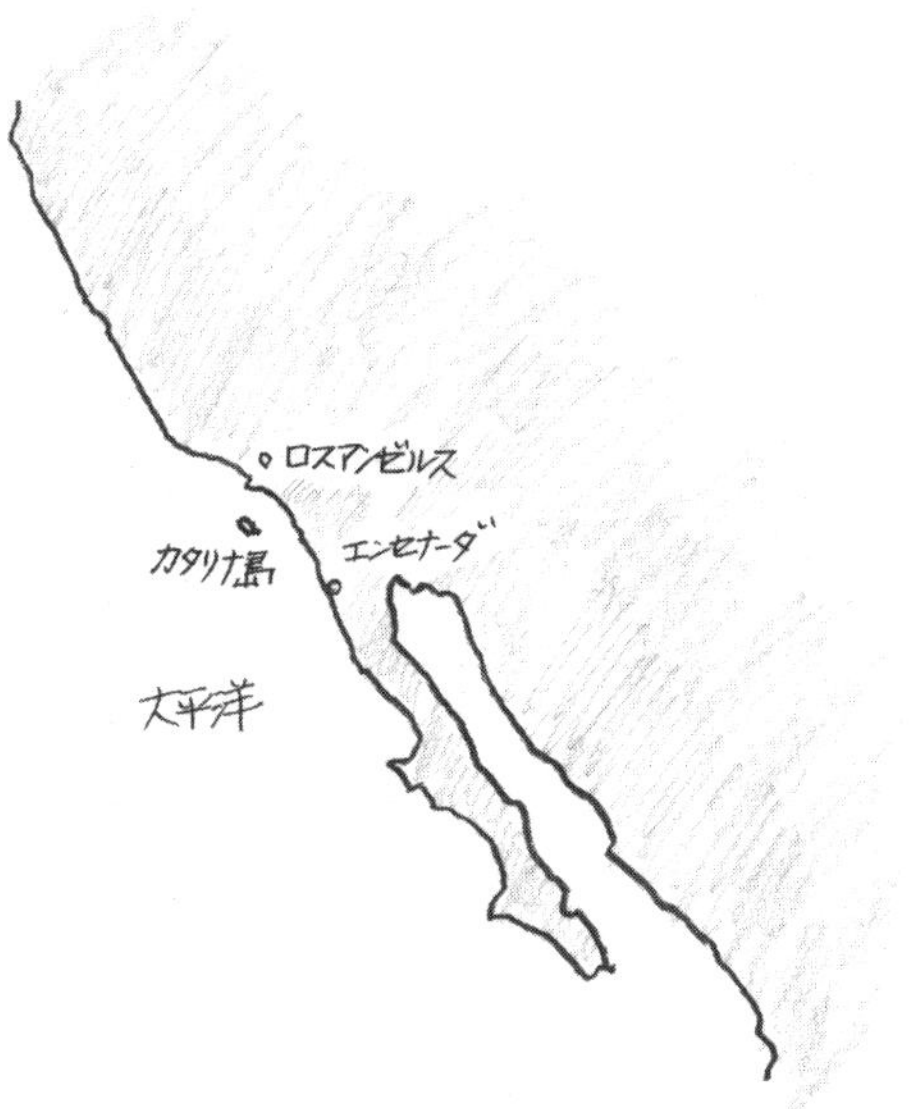

オアフ島の旅（一）（平成二十一年）

久しぶりのオアフ島へ長女
家族と六泊七日。
可愛い孫のお守りも大変です。

選挙戦日本脱出してきます
海外は初めて伸ちゃん彩那ちゃん
古本を買い込み旅はたけし流
雑用は済ませたはずの旅の朝
カップ麺いっぱい詰めた旅カバン
オアフ島泊まるホテルも知らぬ僕

不況下に空席の無い成田行き
女ほどは期待してないオアフ島
噛み切れぬ肉と格闘機内食
食べるだけ食べてぐっすり孫娘
孫娘驚く機上のサンライズ
現地でもすべてお任せ旅プラン
ハワイでもパパに抱っこの甘えん坊
二十二階海を見てみる恐怖症
ご近所にＡＢＣがあるホテル
ワイキキは雲が邪魔するサンセット
晩餐会おにぎりカレーバドワイザー
ワイキキの海に喜ぶあやなちゃん
あやなちゃんパズルパズルとうるさいぞ

ワイキキは花粉症などないらしい
バドワイザー睡眠薬になった夜
文庫本浅草キッド手に寝てる
おはようと元気な顔であやなちゃん
晴天のハワイの朝に白い鳥
お願いと子供を置いてサーフィンに
お出かけの時間にあやな寝てござる
爆睡にじじばば二人手も出せず
自己主張孫は爆睡しています
添い寝するばあばもいつか夢の中
ワイキキの海はじいじに不釣合い
プレスリーマリリンモンローいるハワイ
水着にはなれぬ足だけ浸けてみる

孫の守りじじとばばとで水族館
あやなちゃん帽子飛ばして走るじい
おしっこと言われて戻る水族館
ポリネシアショーどんぐり眼あやなちゃん
全員がお肉を取ったバイキング
ファイアショー火の輪を一度落としたぞ
腰痛に良いか悪いかフラダンス
ダンサーとあやなちゃんとのツーショット
ダンサーも近くで見れば小さいな
衣装替え大変だろうショータイム
オアフ島雲の流れに身を任せ
隣室で駄々をこねてるあやなちゃん
静かだなやっぱり漫画見てたのか

サーフボード日本人には似合わない
パパとママサーフボードに苦戦中
砂浜で砂は嫌だとあやなちゃん
なだめたりすかしたりして孫の守り
なんやかや言うてやっぱりパパが好き
先生が居ないとサーフィン甘くない
結局は立った姿は見ないまま
突然の雨も気にならないハワイ
遠い船海に似合うよ青い空
うつらうつらアシカの声が聞こえます
イルカショーシャッター押すと水しぶき
爽やかな風に吹かれて孫の守り
背泳ぎのイルカよ何を考える

大胆にイルカにキスをするあやな
イルカタイムじいはビデオカメラマン
サンセットビキニ娘の真ん中で
夕日さえ撮れればじいは文句ない
ジーパンで文句あるのかサンセット
サーファーは闇も行動的になる
夜遊びが好きかも知れぬあやなちゃん
今日だけは別行動をしましょうか
ソーラーウォッチ日本時間のままでいる
大型バス六名さまの貸切で
ガラガラの高速今日は日曜日
香りなら黄色の花とプルメリア
撮り撮られ仲良くなった日立の樹

日立の樹ガイド自慢の見る角度
チョコ工場頭の低い社長さん
つまみ食いOKですと社長さん
ハンドメイド僕の名前が書いてある
ハンドメイド器用さだったら負けませぬ
ディスカウントより安いチョコレート
真珠湾説明聞いて通り過ぎ
ドール畑ここは高いとガイドさん
アイスクリームで済ませたパイナップル畑
新婚さん少し冷やせよかき氷
ハイレアの街で探しているパズル
ツアー客多い割には寂びた町
昼食後なんで手芸をせにゃならぬ

女性群作るの早いペンダント
あやなにも嫌われそうなペンダント
オアフ島雨傘売ってないらしい
アカペラで聞いたハワイの結婚歌
昼食の腹ごなしにとフラダンス
ツアー車はスクールバスの払い下げ
風通し窓にガラスのない車
バギー車が列を連ねて通る道
牧場にゴジラのでかい足跡が
空の上食べてよく寝る孫娘
三歳児想い出作りできたかな
国内で買ったと渡すチョコレート

カウアイ島の旅（平成二十一年）

ハワイ島巡り四島目。
ハワイの島の中では一番
日本人観光客が少ない島です。

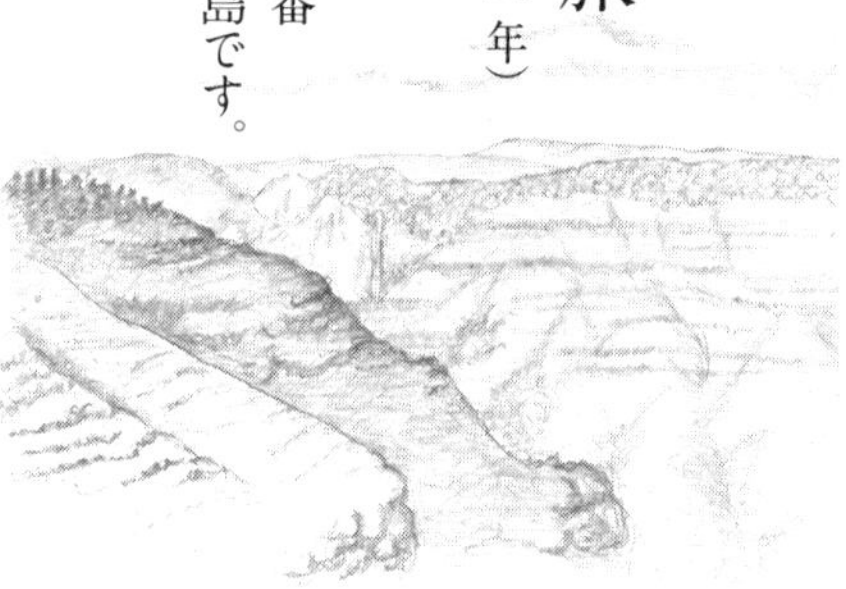

恒例になったハワイの島巡り
カウアイ島見るとこ何も無いらしい
フルムーン梅もほころぶ旅の朝
カウアイ島妻に任せた旅支度
旅行鞄塩野七生を忍ばせる
普段着の旅ですハワイカウアイ島

旅の日は空にしますよ冷蔵庫
ガラガラのバスだ割り増し取られそう
アザレア号夕日の富士に見送られ
エアポート搭乗券が落ちている
お礼など要らぬチケット落とすなよ
いつもなら寝てる時間にハンバーグ
去年より美味しくなった機内食
サックスを聴いてほろ酔い気分なり
寝たような寝てないような空の上
ホノルルの迎えは去年と同じ人
熊本で馬刺し食ったと審査官
カウアイへ惰眠貪る待合室
カウアイ島やり手おばさんお出迎え

泳ぐならプールにしろと言うホテル
笑点の袋を提げてお買い物
うたた寝の手にローマ人の物語
目の前に朝日が昇る海がある
果物をたっぷり食べる朝ごはん
バイキングお昼のパンを忍ばせる
二人とも今日の予定はありません
何もせぬ時間忘れた砂時計
散歩にはちょうど手ごろなマーケット
ショッピング入った妻が出てこない
突然の雨が七色持ってくる
傘なんて要らぬと思っていたハワイ
世界一雨量の多い山がある

生演奏金も払わず聞いている
日本人出会えばなぜか目をそらす
目が冴える塩野七生を読む時間
時差ぼけか羊数えて目が冴える
寝不足な僕と熟睡した家内
一日ツアーオアフ島から日本客
カウアイは太平洋のハリウッド
ハワイアン一緒に踊る舟遊び
シダの洞窟ヒデとロザンナ恋の場所
遠目には小さなオッパイカの滝
一日ツアー眠気を誘うランチ時
ペットかなロバを飼ってるレストラン
運ちゃんが鯨と叫ぶバスの中

潮吹き岩予想外したガイドさん
学生の車浜辺にあるという
太るならタロイモですとガイドさん
ハワイでは美男子というメタボ族
みんなデブここなら僕もいい男
ガイドさん芸能人を俎板に
厳格な父親というみのもんた
和田アキ子化粧落とせば分からない
横顔は可愛いという研ナオコ
この島に必要ないな裁判所
十億の家を空き家にするセレブ
大地主それでもシャイな独身者
ストーカーになってしまうぞ美女二人

美女二人旅の訳でもあるのかな
渓谷にヤギを探せば長生きに
ハワイでも住みにくくなるのんびり屋
満天の星に解説書は要らぬ
サンライズ朝日の海に鯨跳ね
砂浜の椅子を取り合うサンライズ
半袖も長袖も居る朝の海
これ以上青さを知らぬ空と海
双眼鏡持つと鯨は出てこない
はいはいと妻の買い物生返事
金欠になる前に買う土産物
回るわけ考えさせる丸い石
空と海ここに不況の影は無い

水着にはならないつもり本を読む
鯨さんお休みなのか昼下がり
椰子の木々木漏れ日揺れるサンセット
レストランメニューながめて思案顔
知らぬ間に虫に刺されたレストラン
味付けがなくて食べられないお米
朝晩は秋の気配の内にいる
地元紙に日本のニュース見当たらぬ
タクシーで行くなら乗せてあげますよ
ドライブの女三人よく喋る
ルーマニアの女笑いが途切れない
少しだけ間違えましたナビゲーター
カップアイスで許してもらうタクシー代

ボタニカガーデン期待はずれの広さです
エッここがジュラシックパーク舞台なの
ブルーハワイプレスリーも来たらしい
にわとりが走り回っている浜辺
白い雲海の青さを誇張する
紺碧の海が広がるナパリコースト
道の無い秘境を巡る船の旅
ナパリコースト原始人でも出てきそう
船足を緩め鯨とご挨拶
目の前に鯨現われ大歓声
もう少しゆっくり走って欲しい船
黙ってはいるが船酔いしています
船酔いのボクに美味そうなランチ

説明は英語私は日本人
神様を信じたくなるサンセット
アメリカのテレビ何でもオバマさん
就任式日本語訳のないテレビ
大統領夫人の服が目立ってる
疲れないだろうか舞踏会巡り
アメリカの熱気日本じゃ無理だろう
水平線沈む夕日に祈る明日
気持ちいい風だ日本からの風
風の音波の音だけ聴いている
新鮮な空気をもらうカウアイ島
通訳と会計係兼ねた妻
ドル札は残すなという免税店

帰る日は次は何処かと責めてくる

エーゲ海クルーズの旅

（平成二十二年）

クルーズの楽しさを知った二回目。定番のエーゲ海クルーズへ七泊八日。

格安と聞いて飛び込むエーゲ海
旅先をネットで探す予備知識
海の色同化したいと青いシャツ
しばらくはそのままで良いユーロ安
クルーズが好き三食昼寝付だもの
宿題があれこれ浮かぶ旅の前

日常を笑い飛ばして旅に出る
梅雨空の下をアザレア号が行く
エアコンを切ったか聞くなバスの中
スカイツリー探せど隠す梅雨の空
空港の匂い遊びに行く匂い
チョイ辛のラーメン食べて旅立ちぬ
エミレーツ　スーザンに似た乗務員
コーランに出迎えられてドバイ着
広すぎる空港迷子になりそうだ
真夜中のドバイに着いて顔合わせ
ツアー客十四人の仲間たち
男性は四人　女性が姦しい
ひと寝入りしようドバイは中継地

異国語はぼくにとっては子守唄
チケットの威力食事をタダにする
アラビア語まるで読めぬが面白い
アテネまでセリーヌディオン聞きながら
エミレーツ無料ビールに白ワイン
国境が見えぬ砂漠に走る道
オリーブと夾竹桃のアテネ着
日本なら駐車違反の狭い道
落書きは荒廃都市のバロメータ
パークホテル夕食までのひと寝入り
おっとっと今日はサッカーオランダ戦
シーフードオリーブオイルが演出し
名も知らぬツアー仲間と癌談義

イチゼロで日本負けたという噂
オーロラの夢を語っている仲間
いつになく優しい声で目が覚める
市街地のなかにぽかりとパルテノン
議事堂の衛兵ギャグも笑わない
衛兵も大変だろう暑い中
イケメンの衛兵選びツーショット
パルテノン神々会いに登る丘
パルテノン世界の美女が集うとこ
雨の日はたいへんだろう石の道
危機知らぬアクロポリスは人の波
昼寝する犬と売り子を避ける丘
買わないと悪いみたいな免税店

オリーブの石鹸僕には用なしだ
地下鉄の駅に古代の展示物
早足で過ぎたバザール熱い声
郷に入りシエスタタイム昼下がり
ホテルから歩いてすぐの博物館
考古学息子たちなら釘付けだ
順路なく出口分からぬ博物館
パレテノンライトアップを待つ時間
味のないパスタに塩を振りかける
オリーブ油中ったらしい人がいる
腹痛が添乗員を走らせる
往診の医者がイケメンとの噂
食事時女の旅は姦しい

ちらちらとジャブを繰り出す女たち
ライトアップ街を眺めて白ワイン
時差ぼけか二時間ごとに目が覚める
お天気は心配しないエーゲ海
ピレウスはアクアマリンが待つ港
避難訓練さぼる人などいませんよ
迷子にはならぬ程度の船の中
紺碧の海をクルーズ船が行く
説明はアクアマリンのはるなさん
新入りの気分漂うはるなさん
ポルトガルワールドカップ七ゴール
サンデッキ司会をしてるはるなさん
街まではクルーズ客のバスの列

紺碧の海に浮かんだ白い家
ペリカンがどんと主役の街の中
風車へと白い迷路をぐるぐると
ミコノス島回らぬ風車人を呼ぶ
ゲイもありヌードもあってミコノス島
翌朝のオプションツアークシャダスで
波静かミコノス島からクシャダスへ
真夜中に遅れますよと起こされる
日の出にはまだまだですと暗い海
どんな恋生まれただろう碧い海
初めてのトルコの街に想い寄せ
半分は分からぬエフェソス英語ツアー
ガイドさん円のレートを知らないね

二ユーロで買った日本語ガイド本
石畳クレオパトラの足跡か
ポンペイと同じ時代に生きた街
感嘆と感激くれた古代跡
図書館の跡に佇む不勉強
数百年掘らねばならぬこの遺跡
オプションツアーやはり最後はお土産屋
絨毯も欲しいが我が家和風です
一人ぐらい積み残しそう船が出る
カメラには収まりきれぬ汽笛の音
海風にあたり赤川次郎読む
おばさんの水着ばかりのサンデッキ
アクアマリンパトモス島に舵をきる

ランチより昼寝が先という二人
最初から行くつもりない修道院
聖ヨハネパトモス島は聖の島
Tシャツにつられて買った土産物
パトモスの海を眺めている時間
帰国後に届く絵葉書書く妻と
グリークナイトどんなお洒落をするのやら
グリークナイトドレスアップのはるなさん
酔っている訳ではないが揺れている
六時前ロードス島のサンライズ
城壁が朝の光を浴びてくる
甲板を歩いて知った夜半の雨
騎士団が築いた街にバスの列

旧市街歩けば売り子声をかけ
特別な訳など無いが群れ離れ
セントニコラス　港の鹿に会いに行く
海沿いを歩くと風がついてくる
一日を気ままに歩くいい時間
のんびりと歩いてみます地図片手
空よりも深い碧さの海にいる
トルコ市場妻は買い物僕一句
クッキーもチョコも無いのかロードス島
買い物の妻の帰りを待つベンチ
騎士団の匂いイポトン通り行く
甲冑が歩いて来そう石畳
見るだけで住みたくないよ宮殿は

宮殿で塩野七生を思い出す
真夜中のこの宮殿は怖かろう
膝痛に負けて船へと帰る道
痛い足休めビールの美味いこと
生ビール片手に眠ってしまいそう
バイキング終った頃に新メニュー
ロードスに来てもお昼はひと寝入り
眼を覚ましゃ奥方様はおめかしを
私のドレスアップは五分間
それぞれにみなそれなりのエレガンス
船が好き輝く笑顔はるなさん
初めての和服姿とはるなさん
おじいさん俳句してたといい笑顔

妻が撮るはるなさんとのツーショット
キャプテンのパーティお代わり欲しい酒
美人歌手カメラ向ければハイポーズ
軽やかなリズム赤ちゃん踊りだす
島影に今日も綺麗なサンセット
ヘラクリオン日の出とともにクレタ島
サンライズクルーズ船が描く航跡
シャトルバス街までただで連れて行く
道はずれ海に落ちそうツアー客
教会のイコンに何を祈ろうか
ステンドグラス禁止と知るもカメラ向け
要塞まで歩くと高い波しぶき
海の青空の青とは違う色

帰り道正しいルートありました
下船会まだまだ乗っていたい船
Tシャツを脱ぎたくなったサンデッキ
航跡の向こうにクレタ島が居る
サントリーニ　オプションツアーイア村へ
碧い海飛び込みそうな白い家
そこここにおもちゃみたいな教会が
このままで海を眺めていたい島
ろばよりもケーブル選ぶ帰り道
船の上九時三十分のキックオフ
船の上呉越同舟サポーター
はるなさんサッカーくじを売り歩く
嘘だろう本田遠藤岡崎が

最終日大感激の第三戦
デンマークの人に握手をされた夜
外国人英語分からぬ人もいる
帰ったらトーナメントを楽しめる
朝食時日本勝ったと乗務員
日本人今日は英雄かもしれぬ
出会ったらいつもあの人カリメーラ
スニオン岬何時から居るのポセイドン
ポセイドン夾竹桃がよく似合う
シャッターを切れば絵になる風になる
レストラン運ちゃん道を間違える
ラーメンを頼みたくなるランチ時
パンにお酢オリーブオイルと間違える

ワールド杯速報を聞く空の上
帰国後の北の選手は無事やろか
ドバイ空港南ア帰りのいい笑顔
パラグアイに勝つと応援団強気
真夜中もハブ空港は生きている
空港の外も見てみたかったドバイ
あれこれとお土産買ったらしい妻
僕の皿メインディッシュがありませぬ
注文に笑顔が返るエミレーツ
スナックをぱくつくキャビンの舞台裏
サービスは満点だったエミレーツ
いろいろな名言聞いた旅の空
緑なす田畑日本は小雨なり

オアフ島の旅（二）

（平成二十二年）

次男坊夫婦とオアフ島へ七泊八日。
友人のコンドミニアムにも
お邪魔。

川柳の宿題終えて旅支度
ブログには旅に出ますと書き残す
旅に出る気持ちないままバスに乗る
高速路乗ったらすぐに動かない
渋滞はよしておくれよＡＰＥＣ
時々は赤でも渡るアザレア号

スカイツリー倒れないよう祈ります
チェックイン機械壊れて立ち往生
奥さんに荷物持たせている息子
デルタ航空ホノルル行きは満席で
無料かと聞いて頂く缶ビール
お化粧が始まる朝の空の上
日本では真夜中という朝である
眠いなあチェックインまで待つ時間
穏かな風に異国語乗ってくる
先着の友がまだかと長い首
アウトリガーリーフ一週間の基地とする
電波時計日本時間のままでいる
キャンセルをした買い物について行く

チップなど頭にはない日本人
ワイケレのアウトレットは人の群れ
思い切りオナラを出した休息所
行き過ぎる若いカップル夏の色
日本人いいえほとんど中国人
コーチから買い物袋お出ましだ
アウトレットひとり池波正太郎
でかすぎる一人前をもてあます
次男坊日本にないとでかい靴
親よりも子供のほうがでかい部屋
二人とも横になったら高いびき
このままでベッドに居たいオアフ島
スターバックス殿の奥方待ち合わせ

海岸を歩いて行った殿の部屋
ゆみさんとテリー加わり中華街
次々と知らぬ料理がやってくる
材料を知れば食べられない中華
アラモアナ殿と侍従は腰をかけ
おしゃべりで通り過ぎたよ妻と友
アラモアナ不幸な顔は見当たらず
九十歳アラモアナでもいい寝顔
悪口は聞こえていない殿の耳
六時からハッピータイム予約入れ
ハッピータイム僕も入れてと次男坊
殿やはり若い二人にご満悦
乾杯は十九階のテラスにて

起きてみりゃ相方様はお散歩に
昨日今日おんなじなのか海の色
足だけを海に浸して浜気分
踊り子が笑うと足を止める癖
七十歳朝からホテル二往復
本なんか読まなくていいのにハワイ
ポリネシア何度も殿がご推薦
ジェームス森ツアーガイドはきみまろ似
トンネルの二つの願い秘密です
黒サンゴ誰も買わない店に寄る
ポリネシアツアーガイドは伸ちゃん似
踊り子が落っこちないかカヌーショー
カメラ向けにこり微笑む踊り子よ

八割が大学生の従業員
ドラムショー筋肉マンのトンガ村
舞台からお呼びかかった次男坊
日本の代表ですよ次男坊
次男坊大きさだけは負けてない
DNA役者の血筋ないはずが
ご褒美を頭にかざし村を練る
村々をのんびり巡るカヌーツアー
火起こしもヤシの実割りもお手の物
フラダンス挑戦してるハワイ村
飲み放題酒は無かったレストラン
ポリネシアダンスに酔ったショータイム
パールハーバー男ばかりのツアーバス

永遠のゼロを探しに真珠湾
白黒の映画火柱立っている
アリゾナの墓標に浮いているオイル
戦いの始めと終わり目の前に
調印の逸話を知った船の上
ゼロ戦の傷跡残るミズーリー
永遠のゼロを眼にミズーリー
紅花でお祝い殿の誕生日
九十歳殿の食欲まだ若い
外人が地毛かと聞いた殿の髪
足腰がふらふらでした帰り道
朝食の誘いロイヤルハワイアン
蒼い海グアバジュースとそよ風と

トーストの白い食器に碧い空
コーヒーのお代わり時を止めたまま
ジョーク集お腹に詰めたウエイター
食べきれぬパンはドッギーバッグ入り
ポケットが重たくなった帰り道
ワイキキの海はいつでも人の波
骨休め本を読んでる安息日
買い物が好きで帰ってきやしない
偶然と思えぬ出会いアラモアナ
四人して飯に出かける最後の夜
満腹だ　チーズケーキのファクトリー
反省点次回のためにとっておく
パッキング済ませましたと妻の顔

ベランダで二人ビールの後始末

殿よりも一足先に帰国便

時間さえあればお店を見て回る

一杯のビールに酔った空の上

免停になるかもしれぬ赤ワイン

子供から無事でなによりとのメール

オアフ島の旅（二）（平成二十三年）

毎年のように冬のオアフ島八泊九日。
ホノルルマラソンの慰労会も兼ねて。

行き先と日にちを聞いただけの旅
快晴の日本をあとにオアフ島
バスの中炬燵切ったか聞かれても
男性はほとんど居ない成田行き
読まないと思うが買った文庫本
出来てから話題にならぬスカイツリー
チェックイン無事に届けと荷を二つ

ターミナル地下にコンビニあると知り
四時間も待つと行く気が失せてくる
目的はダイヤモンドヘッド完歩です
相方は手荷物残し店巡り
マイレージいかがですかと美人さん
食前酒妻はエビスで僕モルツ
まいうーと叫びたくなる機内食
片言の日本語いいねスッチーさん
相方は起こしたいほどよく眠る
寝たような寝てないような六時間
濡れましょうウェルカムシャワーお出迎え
三時まで殿のお宅でひと寝入り
完走のおしどり夫婦ハイパチリ

五時間を切って走った悦子さん
次々と旅の予定が出来上がる
ラグーンタワーちょっとお邪魔なレインボー
オアフ島雲の流れが早すぎる
アクアパームス安いホテルに荷を降ろす
安いけどできることならオーシャンビュー
寝てる間に妻は荷物を仕分けする
マラソンの話題　入れぬ慰労会
若い娘が来ると年寄り活気付く
ご自慢は高年齢の好記録
来年は走らぬまでも歩こうか
青空に足を急がす朝の雨
トローリー乗っているのは日本人

健脚で目指すロイアルハワイアン
バッグ買い僕にも何か買えという
買ったのはTシャツ二枚二十ドル
えぞ菊を見つけてほっとしたランチ
HISオプション以外教えない
ワイキキをフィニッシャーたち闊歩する
ウクレレに合わせて腰が笑い出す
常夏の島にもラストクリスマス
ABCどこにもあってすぐ入る
爽やかな風が流れる待ち時間
おさらいの英語なかなか出てこない
三十分並びあっさり拒否される
アラモアナ通り雨には傘ささぬ

通り雨あがると虹が顔を出す
老人と女性割引「まきの茶屋」
伊勢えびとあわびを食べて三十ドル
ビュッフェではギャル曽根になる三家族
タンタラスの丘に歓声こだまする
十ドルで百万ドルの夜景です
三家族新婚さんは邪魔だろう
安物で寝酒にされた赤ワイン
タキシード着れば我浦安の宮
ウォーキングどこまで足がもつのやら
相方にせかされあげる重い腰
半分は冗談だった山巡り
Tシャツも濡れて乾いてまた濡れて

コンビニも自販機さえもない通り
間違いとも知らずてくてく海の道
間違いを教えなかった日立の樹
聞かなけりゃ島を一周していたな
タクシーも路線のバスも来ない道
ビル群が見えて心に虹がたつ
歩く歩く足もびっくりしてるやろ
へとへとでたどり着いたぞフードコート
腹ペコだ何を食べても美味しいよ
結局は歩き通した十七キロ
バスタブはお湯を張っても腹が出る
夕食の誘い断り大の字に
日本語のテレビも欲しいオアフ島

お笑いも英語じゃちょっと笑えない
明日の予定ゆっくり決めている夜長
安眠を妨害するなパトカーよ
ホテルからちょっと覗ける朝の海
ワードセンター三十分も早く着き
待つことに慣れてはいるが遅すぎる
ショップ巡り相方様のお供して
ハワイへは土産を買いに来たらしい
キッチンのお店は欲しい物ばかり
旅に出て財布のひもを締める妻
アラモアナフードコートは人の山
コーヒーショップ迷子の殿はいませんか
ふらふらと出歩かないでお殿様

殿探し奥方様はホテルまで
ひょっこりと現われ出たるお殿様
浦安が一番いいと愚痴る殿
騒動を殿は聞えぬふりで聞き
サンセット雲がないのも拍子抜け
満天の星が土産のオアフ島
ハワイでもパーティやはり日本食
二ドルでは乗せてくれないレッドライン
ヒルトンの客のふりして聞いてみる
目的もないまま歩くブランド街
ワイキキは嫌いラブラブ多すぎる
紺碧の海を眺めている時間
トミーローマメニューなかなか決まらない

二プレートそれで充分二家族
スペアリブ骨まで食べてしまいそう
日本人ですと可愛いウェートレス
サンセット今日は少ないカメラマン
サンセット何を祈るか美女ひとり
お祝いの花火シャッター止まらない
笑い過ぎ飲み過ぎですよ四家族
君たちのホテルはどこか何度でも
喧騒を流し去るよな朝の雨
海の青空の青とが競い合う
浦安の殿と奥方お見送り
ＫＣＣタクシー飛ばす雨の中
丘の上土曜日だけのマーケット

ゆうさんの講釈を聞く野菜たち
四ドルでバナナパパイヤマンゴーと
パンケーキ餌につられててくてくと
ビーチバレー太った女子は似合わない
ワイキキを歩けばドキッとする美人
四十分待って窯焼きパンケーキ
旅サラダ気分で食べるパンケーキ
奥さんも乗らぬヒコーキ操縦士
我が家にも稟議書制度入れますか
お隣に水着姿のおちびちゃん
二人にはどんな明日かサンセット
雨宿りご褒美ですと虹の橋
てくてくと歩き歩いて美術館

日曜はフリーホノルル美術館
美術館ゴッホもモネも仏像も
オーケストラ雰囲気だけはクリスマス
鏡餅並ぶファーマーズマーケット
アラモアナパークベンチが心地よい
冷蔵庫片付けますか最終日
おつまみに裂きイカ買った旅の夜
冬支度整いました帰る朝
空港は残金はたくためにあり
空港のダンサーポーズしてくれる
アロハシャツ似合わぬ人と似合う人
来年も歩きに来よう元気なら

バリ島の旅（平成二十三年）

初めてのバリ島へ四泊五日。珍しい文化に触れましたが凶暴なサルには要注意です。

寝たような寝てないような午前二時
真夜中のゴミ出し犬も寝てるらし
三時半夜逃げのように旅に出る
お客さん三人だけの成田行き
夜が明けてスカイツリーも顔を見せ
ビジネスのラウンジ物見遊山なり
ラウンジで駆けつけ二杯生ビール

子供にも言ってなかったバリの旅
ツアー客女八人僕ひとり
ジャカルタへ七時間ちょい空の旅
ビジネスはアテンダントも美人なり
一流の料亭に居る空の上
次々と料理をもってくる笑顔
どうせなら来て欲しいのは若い方
テトリスを探し子供になる時間
空の上眠気を誘うジャズピアノ
蒸し風呂に入ったようだジャカルタは
巡礼のためにと第三ターミナル
アナウンスせめて英語でやってくれ
乗り継ぎは時間遅れのご出発

遅れてもゆったりしてる現地人
アヨディア・リゾート・バリは深夜着
眠い目をビールで開けてご夕食
真夜中にバッグ開かぬと大騒ぎ
スペシャリストチップ取らずに鍵を開け
話よりかなり早目のサンライズ
旧ヒルトンどこも花々咲き乱れ
予報では雨のはずだが晴れている
カダフィの最後を知ったバリの朝
室外に出ればメガネが曇る国
ツアーバス現地言葉のお勉強
年金でバリに住めるという話
少なくも十人というバリ家族

物売りに心優しい日本人
町なかのそこいらじゅうにある寺院
置物の売れ行きばかり気にかかる
買い物の清算しきりバスの中
サル山のサルは人には動じない
バリの絵は刺激的だな美術館
何枚か数えられぬと言う棚田
棚田でも新婚さんはハイポーズ
ライステラス米もお客も一年中
押し売りに追っかけられる観光地
値切ったら千八百円が七百円
病人がでると結束強くなり
警官が通してくれる赤信号

車より我が物顔のバイク族
信号がないと曲がるに曲がれない
運ちゃんの腕を信じる狭い道
銀細工犬ものんびり昼寝する
ウルワツ寺院悪戯好きなサルがいる
木の上のメガネのサルに餌を投げる
短パンは紫色の腰巻を
ケチャクダンス踊りが映えるサンセット
望遠に換えて美人を大写し
美女を撮り電池の残り気付かない
ケチャクダンス飛び入りさんが楽しそう
腹ペコに追い打ちかける人の列
焼き過ぎて味の分からぬシーフード

砂浜に光が映えるホテル群
今日こそは早く寝ようと酒を飲む
バリ島で日本のニュース見てる朝
相方が一緒に行くとサンライズ
自転車がセンターライン走る国
日本語は独学ですとガイドさん
スーさんと慕われだしたガイドさん
バロンダンス筋も言葉も分からぬが
喜劇かもしれぬが悲劇かもしれぬ
踊り子は美女の方だけ撮っている
女二人僕を帰してマッサージ
スーさんの好みは若い日本人
昼飯は赤いきつねを食べたがり

ショッピング女たちには付き合えぬ
二桁も違うと気持ちでかくなる
ひと安心クルーズ船は大きいと
サンセットクルーズ船が出る港
夕陽などほとんど見ないクルーズ船
美人歌手カメラ向けると笑顔くれ
ショータイム女はすぐに乗りやすい
カラオケは出ようとしたら妻が止め
ダンサーも大変だろう衣装替え
熟女パワー私はついていけません
コミカルな踊り日本もやるじゃない
お笑いに乗じて買わす写真売り
曲がらない膝を痛めた帰り道

おはようとバリの人達声をかけ
ヒンズーの文化溢れるバリの島
最終日もっと居たいなバリの島
朝散歩スーパーの位置確かめる
鳥も魚ものんびり過ごすホテル内
パッキング妻に任せてひと寝入り
くもの子を散らして走るオートバイ
相方も美味いと言ったナシゴレン
コーヒー店試飲させては売りさばく
ライオンエア客をカウンターで数え
ライオンエアゲートを変える困り者
少しだけ英語が分かり難逃れ
インドネシア楽しみました熟女達

バリ島へ直行便があったらな
空の上格差社会が存在し
前菜で腹一杯の機内食
日本は良いなと気付く機内食
バリ島が終わると仕事待っている
結局は僕の写真はないままに

バルト海クルーズの旅

（平成二十三年）

三回目のクルーズはバルト海へ九泊十日。膝痛でエルミタージュ美術館はキャンセル。

北欧に思いをはせる船の旅
川柳の宿題終えて旅の夢
今回も妻にお任せ旅支度
餞別はせぬが土産はお願いと
仏前に安全祈る旅の朝
新聞も郵便も止め旅に出る
ひとねむりアザレア号を待つ時間

この数で儲かりますか成田行き
うっすらと雲に隠れたスカイツリー
添乗員お久しぶりと笑いかけ
二十人若者いないツアー客
両替は必要ないと相方が
へそくりはドルとユーロであるらしい
イケメンのＡＮＡに貰ったボールペン
さあ行こうコペンハーゲンひとっ飛び
がらがらの機内ゆったり使いましょ
テトリスが上手になった空の上
七時間時計進めて機を降りる
コペンハーゲン日本と同じいい気候
クローネに両替するか揉めている

ドルユーロクローネ円とややこしい
空港から車で五分ダンホテル
土曜日は五時で終わりというスーパー
地ビールを飲めば六時でバタンキュー
デンマーク朝焼け空に夢が湧く
朝焼けの空に飛行機雲ひとつ
母の日を知っているかと街角で
バイキング食べたかったたな卵焼き
川柳とカメラどちらも忙しい
日曜日女休みのデンマーク
注意せよスリ置き引きのデンマーク
デンマーク貧しい者が得をする
こちらでは威張っていますホームレス

原発は作りませんのデンマーク
半分は税金というお国柄
衛兵はイケメンだとは限らない
アマリエンボー城女王様はお留守です
こんな旅幸せだよと相方が
スポンサー好みに作る人魚姫
お天気が晴れでは困るクロンボー城
ハムレットあらすじ聞いてバスの中
肝腎な時にお膝が痛み出す
ハムレットの城に飛行機雲ひとつ
ビジョンオブザシーズいざ乗船す
避難訓練あっという間に終わりです
海に立つ風車数えている時間

原発の国と風車が並ぶ国
横揺れも縦揺れもないバルト海
開かないセイフティボックスお手上げだ
開かない訳はびっくり電池切れ
書類書き妻に任せてひと寝入り
執事料お高いですと睨む妻
カジュアルなディナー遅れた人ひとり
ステーキに僕の胃袋小さすぎ
年寄りにアイスクリーム多すぎる
ショータイム歌と踊りと興奮と
ショータイム皆出席を誓います
サンセット飛行機雲を紅く染め
真夜中のトイレで川柳二つ三つ

船の上今日一日の予定表
寝不足のお顔ですねという鏡
十階で眠ってしまう朝散歩
七階のロイヤルスイート見てみたい
様々な船が行き交う朝の海
一杯のコーヒー朝が始動する
コーヒーとカメラと本と光る海
相方は食事の後もお喋りを
昼食は前菜だけで腹一杯
飽食の谷間で食べるカップ麺
フォーマル日ファッションショーが始まるぞ
相方は二時間前におめかしを
和服など着るとは聞いていませんよ

藍色の和服姿もいいもんだ
仕事着の背広で済ます旦那様
シャンペンでほのかに酔ったディナー前
クルーズ船船長さんもジョーク好き
日本人クルーは居ないというお船
見てみよう今夜のショーはビートルズ
ビートルズそっくりさんが上手すぎる
のりのりの欧米人に寝てる人
僕の歌となりで妻が制止する
二、三曲歌い忘れがありますよ
帰ったらベッドでゾウがお待ちかね
一時間時計進めてエストニア
中世の街をながめて物思い

仲良しになれるウォーキングデッキ
サンデッキ軽いジョークもいいだろう
飛行機雲どこへ行くのか光る海
午後組のタリン観光待ち遠し
船を降りバスで五分の旧市街
痛む膝だまして歩く石畳
カセドラル膝をさすって外で待つ
相方が現地ガイドともう会話
海と街見下ろすトームペアの丘
安いとか言って小さなマトリョーシカ
値切ったと帽子を見せる自慢顔
乗船の検査帽子を取り忘れ
忘れ物取りに走った僕の妻

相方の化粧始まるディナー前
ディナー前ちょっと一杯赤ワイン
積み残しなかったらしい船が出る
だんだんとお喋りになる食事時
退職後大学終えた人がいる
夕食後今夜のショーはブロードウェイ
生舞台大迫力に酔いしれる
ショー帰りカジノ通りは目を瞑り
帰り来て川柳手帳見当たらぬ
飛び戻り手帳見つけた安堵感
膝痛も忘れてしまう探し物
今日も晴れロシアの港見えてくる
膝痛を恐れびびった美術館

一眼レフ妻に教えてお見送り
六時間ぐらい本でも読んでるさ
蒋介石の黄金読んで夢の中
美術にはまったく興味ありません
本読めばあっという間の六時間
写真見て行った気分のエルミタージュ
膝痛はいかがと聞いてきた美人
食前酒部屋で一杯赤ワイン
食事時横のご婦人よく喋る
岡山の話にシャコを思い出す
シャンペンが饒舌にした旅話
ロシアンショー楽しみなのに中止だと
キャンセルの訳は馬鹿馬鹿しい話

十時二十分日没ですロシア
ゆっくりと白夜の海を船が行く
寝巻き着で十階急ぐサンライズ
サンライズ人っ子ひとりいない朝
サンライズサンセットとも水平線
進めとか戻せと時計忙しい
添乗員世話になる人ならぬ人
相方が行くサンライズストレッチ
波静か海を眺めている時間
ピンポンを挑んできたぞ相方め
相方と朝食前の腹ごなし
ゆっくりと大満足のご朝食
オーダーの朝食量が多すぎる

着きました水と緑のヘルシンキ
市街まで十ドルというシャトルバス
適当に歩き始めたヘルシンキ
目的は大聖堂と大寺院
大通り下ればそこはターミナル
道を聞くしかしフィン語が分からない
白い屋根大寺院だと勘違い
石段に座り聖者になる気分
宗教にこだわり持たぬのも利点
公園で撮りつ撮られつひと休み
大寺院喪服の婦人凛として
マーケット冷やかしもせず通りすぎ
公園で休み休みの帰り道

スーパーを探してくると相方が
ヘルシンキシャトルバスから見る景色
シャワー浴び土産数えて赤ワイン
寒いけどプールサイドはトロピカル
微笑めばたいていのこと分かるはず
出航の汽笛全員乗ったかな
さあみんなドレスアップの時間です
満腹だストロガノフを食べ残す
ショータイム七十年代よみがえる
朝の陽と海と小島のなかを行く
移りゆく森の緑と海の色
ストックホルム小島の家で過ごしたい
本日は宮殿目指す予定表

ワンテンポ遅れる人もいる旅路
シャトルバス聞いてびっくり無料だと
よく聞けばやはり有料シャトルバス
渋滞で動きの悪い朝の道
通勤のラッシュよごめん遊んでて
宮殿は時間がないとあきらめる
読めぬ地図片手に歩く旧市街
乗るはずのフェリー見送り市庁舎へ
市庁舎と急いで行けば駅でした
市庁舎のトイレ奇妙な形です
チケットはシニア割引してくれる
市庁舎でばったり会ったツアー客
熱弁の説明聞くが痛む足

ブルールームノーベル賞の祝いの間
金の間の女性頭を離れない
バス停へベンチ巡って歩を進め
バス停に昨夜の歌手が居てござる
突然に現われいでた騎馬の群れ
帰り来てきつねどん兵衛腹癒す
絵のような景色流れる船の窓
ショーの前ボールルームの盛り上がり
ネルソンに教えた漢字　寝留損と
寝留損の意味を英語で書いてやる
寝留損とタトゥー入れるとネルソンが
ネルソンの勤務評定上の上
ＡＢＢＡ歌うディスコソングに身が踊る

タオル折り今夜は犬がお待ちかね
のんびりと今日一日は船の中
船内探検旅も終わりになってから
口ほどは上手くいかないタオル折り
爽やかな風に吹かれている時間
美味しそうおねだりされたパンケーキ
バイキング食べきれないがあれこれと
フライドポテトいい音楽が味をつけ
九階のアイスクリーム穴場かも
ステージのハシゴ　音楽途切れない
ボケ役は美人さんだぞ料理ショー
うろうろとツアー仲間がフロントで
荷造りの妻を横目にひと眠り

船の中傘は持たない雨の海
万国旗大歓声に揺れている
主任さん海の歴史をひとしきり
フェアウェルショー隣に座る歌い手さん
執事料通訳料も加算され
マジックショースピード感が違います
コックさんも舞台に上がるさよならショー
サンライズ今日も晴れだよバルト海
定刻に錨を下ろすクルーズ船
下船前ツアー仲間にアドレスを
見渡せば女性の中でただひとり
日曜日朝はゆっくり始動する
天気予報当たらぬというデンマーク

男性が文句も言わず乳母車
男性の駆け込み寺があるという
お客さん男ばかりのパン屋さん
工場見学試飲は出来ぬカールスバーグ
免税店日曜なのに開けてくれ
運河沿い気持ちよさそう酔っ払い
ホットドッグ街のベンチで様になり
開店を待ったロイヤルコペンハーゲン
結局は開かぬお店を待っていた
残金でお土産探すターミナル
雲の上次の計画あれこれと
もう一度戻ってみたいバルト海
空港でざる蕎麦食べて終える旅

グアム島の旅（一）（平成二十四年）

ハネムーン以来のグアム島へ四泊五日。長男家族と共に。小さな子供には最適！

フルムーン久方ぶりのグアム行き
ハネムーンあの頃二人若かった
午前四時眠っていたいバスの中
満席の想いを乗せてアザレア号
運ちゃんも眠りたいだろ高速路
眠い目を擦って待ったチェックイン
機内食食べてる時はおとなしい

ツンツンと調子でてきたあかねっち
空の上イルカと歌うなごり雪
キリンでもサントリーでも空の上
カタカナのアテンダントが多すぎる
冬装束グアムただいま三十度
入国の書類はすべて妻任せ
ニッコーホテルしばらく世話になりますよ
新婚旅行記憶辿れど何も出ぬ
オーシャンビュー天下を取ったいい気分
うたた寝の間に予定決まってた
望遠で覗く海辺の物語
キラキラの海にクジラはいるやろか
神様がいるかもしれぬサンセット

レスリング好きな娘でパパ吐息
宴会はグアムビールで盛り上がる
宴会の主役はやはりあかねっち
相方も覚えていないハネムーン
ただぼ~っと海を眺めている時間
穏やかな海だ悩みはないらしい
紺碧の海と言われていたい海
海を越え様子尋ねてきたメール
老夫婦のオプション島をひと巡り
気紛れな天気は君の心だな
海中のサカナ優雅に舞っている
お魚に観察されているヒト科
へんてこな人間来たとサカナたち

モール来て相方急に元気付く
ショッピングまずは隣のスーパーへ
痛む足僕はベンチで句をひねる
教会のミサが聞こえる日曜日
グアム島天気予報は無駄らしい
シナモンの香り　つられたカタツムリ
恋人岬景観壊す展望台
意外にも歌が上手なガイドさん
島めぐり免税店が最終地
ツアーバス時間守らぬ奴がいる
パトカーもリムジンも来るホテル前
昼寝でもするか落語を聞きながら
旅に出ていつもの昼寝欠かさない

バスタブのお腹なんとかならぬのか
サンセット息子の部屋は見えづらい
シャンパンはグアムと思えばカウアイ産
無料だと知ると乗りたい赤いバス
赤いバス息子家族も乗ってくる
あかねっち今日は水着でお出かけだ
心地よい風が聞こえる赤いバス
赤いバスホテル巡るが出ぬ記憶
終点は僕の嫌いなマーケット
赤いバス乗ってくるのは日本人
コカコーラ片手に妻を待つ時間
一時間早く着いたぞ待ち合わせ
からくりを考えながら時が過ぎ

からくりに親も子供も口が開く
コールドストーン二人仲良くひとつ分け
メイシイズあるから好きなショッピング
グアムでも女子のトイレは混むらしい
美脚でもないのに足を出したがる
今頃はお仕事だろう仲間たち
ショッピング待ちくたびれるお父さん
シナモンの香りを嗅ぐと走り出す
あかねちゃん水着姿にカメラマン
親戚に高く売れそう写真集
泳ぎ好きじいの血筋はないらしい
ディナーショー肉は三人前でよい
ショータイム美人はいないフラダンス

褐色の体が映えるファイアショー
波の音のんびり聞いて最後の夜
ベランダで海と空とが混ざり合う
快適に過ごして帰るのが怖い
散歩して確かめてみるグアムの地
衣装だけ魅せた朝の訪問者
カメラマン浜辺に来いとご注文
もの怖じもせずに男児を追いかける
欲しいのは浮輪でしたかあかねちゃん
ランチ時無理に起こして食べさせて
最後までホテルの中は遊び場所
グアム島子供連れにはパラダイス
空港もお子様連れは貴賓席

空港のトイレお土産置きました
到着便三機も待ってやっと飛ぶ
ニッコーの真上を飛んで雲の上
あかねっちバナナつかんで満足げ
空の上ビールのなんて美味いこと
テトリスの腕も錆びたぞ神様よ
うそでしょう明日の日本は雪模様
相方の頭の中は次の旅

グアム島の旅（二）（平成二十四年）

子連れに最適の近場に味をしめた長男家族。
同じ年に二度目のグアム。

寒い寒い日本抜けだしグアムまで
午前四時夜逃げのようなご出発
長男はバスより先にハイウエイ
居眠りにご注意夜の高速路
暗闇の中にぼんやりスカイツリー
ディズニーが見えても夜は明けません

空港に長男家族お待ちかね
付添いのじいは財布とカメラマン
被写体に優先順位あるカメラ
空港のワイファイ使いご挨拶
あかねっちキッズルームの大はしゃぎ
出国審査渋滞つくる奴の列
機内でもおもちゃ遊びのあかねっち
空腹の極限なのにまずビール
お食事が済むと眠たくなっていく
空の上散々騒ぎお寝んねね
厚着した服を脱いだらグアム着
アウトリガーしばらくお世話なりますよ
アウトリガー前にどでかいブランド店

お隣に水族館がありますよ
一日目小雨模様のサンセット
オーシャンビュー残念ながら雨模様
チャンネルを回して探すＮＨＫ
地ビールがなくて乾杯バドワイザー
嫌なやつまた膝痛が顔を出す
特大のベッド安らげ痛む膝
朝焼けの海に目覚める朝寝坊
日本と繋がるホテルのパスワード
趣味人に一言だけのご挨拶
コネクティングすぐに顔出すあかねっち
朝食は一家揃ってカップ麺
巡回バス勝手気ままに降りてみる

サービスの歌声どこか外れ気味
サンタフェの浜辺コーラが風を呼ぶ
思い出す宮沢りえの写真集
遠浅の海にクジラはいませんよ
サンバイザー忘れた妻のあわてぶり
マーケットどこもかしこも人の波
運ちゃんがイブの買い物自慢する
マイクロネシアフードコートでご一緒に
買い物のみなと別れる痛む膝
バス乗り場間違え長い時が過ぎ
バス乗り場一か所だけにして欲しい
帰り着くホテルは部屋のセッティング
浜辺にて上巻読んだ四季奈津子

憎らしい膝はお出かけ時に痛む
五人にはハードロックなクリスマス
エルビスが現れそうなカフェテリア
じいとばあ茜音に貰うプレゼント
川柳の日記アンディ聴きながら
たっぷりと寝たがお膝はどうかしら
シナモンの香り軽めのご朝食
ドアノブにサンタさんからプレゼント
マリンスポーツじいじとばあば見てるだけ
サンタフェの近くオーシャンジェットクラブ
あかねっち恐る恐ると海に入る
海に慣れ調子が上がるあかねっち
遠浅の海だがじぃはお膝まで

ランチ時バドワイザーが美味すぎる
骨付きの肉を頬張るあかねっち
遊ぶだけ遊んですぐにお寝んねね
忘れ物海辺のどこかボールペン
バスが出るスコールさんがお見送り
やっと出たバスのお客が忘れ物
三世代主役はいつも孫娘
帰ったらすぐに一杯バドワイザー
寝てる間にビールとアイス平らげる
半分は調子の悪いランドリー
お詫びにとお金頂くランドリー
サンセット海の上ではないけれど
ドアを閉め気付いた足に靴がない

痛む膝騙して歩く夜の道
クリスマスイルミネーション癒される
雪のない街にホワイトクリスマス
おやすみのタッチで茜音夢の中
ベランダに干した水着がびしょ濡れに
雨が降るなかなか予定決まらない
相方と今日一日はお買い物
十二ドル勿体なくて予定変え
お買い物聞くとお膝が痛みだす
マーケット中国人と日本人
アウトリガー外観撮れという指令
水族館ですから今日のあかねっち
計算機片手に巡るマーケット

ショッピング楽しむ余裕ないお膝
レストランお子様好きな店員さん
ランチ時おこぼれねだるスズメたち
腹ごなしあかねの好きなすべり台
三台もバスを乗り継ぎKマート
ヒルトンは何だか花も美しい
コストコに居る雰囲気のKマート
お土産は買わないはずが買わされる
カラーキャッチャー探した逸話聞かされる
Tシャツの日本語意味も知らぬまま
ブランド店近くに来ると痛む膝
一年中花が絶えない島に居る
かつ丼でいいさみんなはレストラン

海の色真っ赤に染めるサンセット
窓ガラス夕焼け雲に覗かれる
四季奈津子下巻を読んでお留守番
ただいまとかけ寄るあかね可愛いね
じいじだけ赤いきつねのご朝食
四人して残った酒で乾杯だ
荷造りは妻に任せて膝伸ばす
雨上がり見つけた虹はすぐ消える
あかねっちニューの水着でご登場
新しい水着を追ったカメラマン
最終日ギリギリまでを浜辺にて
新しい虹をバックに水遊び
大変だな虹も消えたりまた出たり

パッキング少し余裕のある荷物
たいがいは後で気付くぞ忘れ物
クリスマス過ぎても街はクリスマス
お迎えのバスに乗ってもお寝んねね
覚悟して帰れと日本からメール
覚悟して冬装束で帰ります
ビール飲み恋唄聴いて空の上
グアムとは25度差の日本着

フィヨルド　クルーズの旅

（平成二十四年）

一度行きたかったフィヨルドへ
九泊十日。クルーズ船での
フィヨルドは最高！

宿題は仕上げたつもり旅の朝
旅立ちの朝も洗濯機は回る
帰るまで元気でいろよ植木鉢
ひと眠りさせて下さいアザレア号
曇り空スカイツリーも雲の中
今回の添乗員は美人さん

ＫＬＭ貰えなかったマイレージ
ピョンヤンへ行くのか例の料理人
空席が目立つアムステルダム行き
たっぷりと作句の時間ありますよ
ゆったりと座るエコノミーコンフォート
果物が一番美味い機内食
眠れぬ夜お友達です囲碁ゲーム
スキポール空港どこか記憶あり
結局は眠れなかった空の旅
ホテルには妻の友人お出迎え
眠いのに英語会話は疲れます
オノマトペ互選結果が日本から
十時でも外は明るい北の国

相方のイビキを聴いて過ごす夜
お目覚めはどうかと妻が聞いてくる
爽やかなアムステルダム陽がのぼる
荷造りは妻の役目と決めている
十四人男女半々ツアー客
曇り空これで充分いい天気
名物の風車の前は観光地
死神も騎士団もいるダム広場
ダム広場ニセ警官にご注意を
オランダは海抜ゼロで生きる国
新しい風車がなくす原子力
ゆったりと牛が草食む緑の地
クルーズは船も港もロッテルダム

クルーズ船座礁事故さえ他人事
乗船へ長蛇の列が待っている
乗客の1パーセントが日本人
バスタブが頼まないのに付いている
避難訓練ボートの前の笑顔たち
出港の汽笛これでもかと長い
前菜はめったに食べぬムール貝
ワインリスト覗きもせずにバドワイザー
ダイエット忘れちゃいなというディナー
旅慣れた人なら直ぐに打ち解ける
川柳に誘ってみたい人がいる
クルーズ船ネット料金高すぎる
しばらくは趣味人倶楽部忘れます

ゲーム機になってしまったアイパッド
ショータイム司会早口過ぎますよ
それほどは上手くなかった美人歌手
メモリーとムーンリバーに聴き惚れる
日本人見かけなかったショータイム
ヘソまでのバスタブだけどあれば良い
お目覚めに歌はいかがとアイパッド
海の上見逃しましたサンライズ
似て非なる日本食にも味噌スープ
日本食箸がないので手に負えぬ
得意げに関西弁のウエイター
寄港地の説明を聞くショールーム
オスロへと今日一日は船の中

爪切りを借りに行ったが戻らない
情報は物価が高いノルウエイ
タイガーの全英オープン気にかかる
コーヒーを一杯今日のご昼食
リドデッキ輪投げ大会見当たらぬ
昼寝でもしますか日本でのように
ゆったりと揺れに誘われ夢の中
目を覚ましゃ相方既に和服にと
ワタクシも羽織袴の方が良い
ウエルカムパーティ　クルーズプラネット
フォーマルに和服姿が三人も
キャプテンも和服姿に嬉しそう
相方をダシに二人の美女を撮る

添乗員フォーマル姿様になる
シャンペンも二杯も飲めばほろ酔いに
メニューにはあった前菜ないショック
ひと時を無心で食べるカニ料理
フォーマルの時は優雅に酔ってみる
いつからか食後の話サイゼリア
お金には苦労したことないお方
なれ初めを披露始めた食事時
われわれのなれ初め逃げる準備する
シャンペンを置いて気付いた注意書き
前日と同じ歌手だぞショータイム
ショータイムシャンペン少し効いてきた
サンセットまだまだ時間ありますよ

どんよりの空の下にも街灯り
オスロ着予報は雨で14℃
予定より遠い港に着いた船
九階のスポーツデッキ雨に濡れ
三百円妻が衣装を自慢する
果物とコーヒーだけのご朝食
折り紙教室教える気だな相方は
折り紙もやっていないとご不満げ
ぞろぞろと付いて歩けば下船口
衛兵の交代見てる城の跡
イプセンやムンクに会えた道を行く
王宮の前で出会ったツアー客
王宮の庭で小鳥とひと遊び

ジャンパーを脱いだり着たり歩く道
月曜はお休みでした美術館
ムンクの絵見れなかったと悔しがる
オスロ事件思い出させる献花場所
信心はないが大聖堂に居る
カセドラル賽銭箱は通り過ぎ
オスロ駅でかいライオン睨まれる
結局は無用でしたね傘二本
クルーズ船オペラハウスのすぐ横に
安眠の妨害ですよ工事さん
うるさいと言ったら止んだ工事音
積み忘れ誰もいないか船が出る
添乗員お土産品をリコメンド

ご指名は受けないようにマジックショー
誰でもがマジシャンになるショータイム
飛び入りの子供もできるイリュージョン
サンライズサンセットとも雲の中
快晴は期待しませんノルウエイ
ようこそとクリスチャンサン薄曇り
トナカイのお出迎えです桟橋は
今日のショーカメラは駄目というおふれ
即席で作るオムレツ美味しいよ
クリスチャンサン大聖堂へ歩を運ぶ
海鳥が羽を休める大聖堂
街角にぶっきらぼうに砂の像
見回せばクリスチャンサン花の街

改宗でもするか佇むカセドラル
日本へとカード届くか郵便局
街角で二人羽織りのマジシャンと
マジシャンに聞いてみようか種明かし
二時間もあればよかった街巡り
相方が知人を増やすティータイム
アドレスを聞いて折り紙プレゼント
日本では猛暑と笑う添乗員
予報では2℃も上がって17℃
お裾わけケーキ頂く誕生日
お隣のテーブルだって誕生日
大福が大好きですと酒の席
ショータイム駄目と言われて泣くカメラ

キスなんて止めて下さい前の席
ショータイム終る頃には青空が
十時半白夜に近いサンセット
スタバンゲル聖堂らしい塔が見え
リーセフィヨルドいよいよお目にかかれます
フィヨルドへクルーズボート足速め
絶景に上へ下へと席を変え
フィヨルドは寒さ感じぬ満足度
お噂のテーブルロック雲の中
フィヨルドの滝に打たれて身を清め
教科書に出ていた記憶ヤギが居る
フィヨルドのヤギは人間好きらしい
コーヒーとワッフルしばしご休息

休息の時も外交官の妻
若い娘と話すとチャチャを入れたがる
日本には帰りたくない爽やかさ
帰りつくスタバンゲルは青い空
半袖も厚着姿もいる港
港町カモメとヒトと食の市
雑踏にベンチを見つけ句をひねる
お隣でタバコ若い娘なら許す
ラーメンが食べたくなったお昼時
午後三時少し早いが船が出る
寄り道にリーセフィヨルドもう一度
フィヨルドの絶景口を開けたまま
シャッターを何度押したか分からない

フィヨルドを水着姿で見てる客
クルーズ船フィヨルドの中Uターン
鍵盤にジョークも入れてピアノマン
見逃したケチャックダンス夢に出る
目覚めればソグネフィヨルド行くお船
言葉には表せないが五七五
サーモンと鰊の酢漬けご満足
航跡を辿りカモメがついてくる
絵葉書の景色がそこに目の前に
シャッターの数だけ土産できそうだ
フロム着おとぎ話のような場所
フロム鉄道乗るまで長い時を待つ
満席で八百メーター駆けのぼる

車窓から右に左に悲鳴あげ
妖精に誘われ滝に落ちそうだ
山間の村は意外とお金持ち
フロム鉄道登れば脱いだ防寒着
休息のホテル景色が凄すぎる
貴賓室予約したのか添乗員
ワッフルを配る女性も美人さん
食べること忘れてしまう絶景が
帰りたくないと子供に戻りそう
五分ほど歩けば滝がすぐそこに
少々の景色驚かなくなった
川柳はできましたかと尋ねられ
作句など忘れてしまうこの景色

何事か添乗員が駆けていく
忘れ物ヒトでなければ大丈夫
いい思いし過ぎか膝が痛くなる
お勧めのワッフルの数指を折る
最後までビールで通すご夕食
フォーマルの添乗員もハイパチリ
奥ゆかしい名刺お名前見え辛い
エスカルゴたこ焼き風の器にて
テーブルの八人ぜんぶロブスター
ロブスター撮るの忘れて食べました
ロブスターも良いがヒレ肉もっと良い
ショータイムひとり観るのも悪くない
高額のクルーズ妻はよく寝てる

軽やかなイビキの横で囲碁ゲーム
投了は決してしない囲碁ソフト
本日の予定は下船説明会
のんびりの朝食妻はスイカだけ
お別れにクルー全員そろい踏み
最終日妻が血走るお買い物
買い物を持たせてまたもお買い物
下船説明頭の中はネットです
U－23勝ったらしいぞスペインに
日本の興奮流すCNN
イチローと松井秀喜のビッグニュース
イチローのピンストライプ似合うかな
フェイスブック孫の写真とご対面

バイキング妻は洋食僕アジア
ひと寝入りしてる間にパッキング
ティータイム海がキラキラ呼んでいる
最終日ディナータイムは五人だけ
ギターショー上手すぎますよギタリスト
スペインに行きたくなったギターショー
開会式見よう見ようが夢の中
オリンピック近くに来たぞロッテルダム
忘れてた孫の土産を買ってない
二万円返ってきたとお金持ち
救命具置き場所知った最終日
船を降り寂しい想いツアー客
ツアーバス物知りですねガイドさん

お土産にワッフル買って終える旅
エアポート妻はどこかでお買い物
手荷物がどかっと増えた帰り道
空の上ジャズに似合いのティータイム
少しだけ眠れそうかな成田まで
相方の頭の中は次の旅
しばらくは旅を忘れて五輪でも

台湾の旅（平成二十五年）

一度行きたかった台湾。この旅も格安で！マッサージで体の悪い箇所を指摘されました。

格安につられ台湾四日間
アザレア号夜が白々あけてくる
高速路昇る朝日が目に痛い
相方はよく寝ているなバスの中
首都高に入ったとたん動かない
渋滞を避けたらそこも同じ事
いつまでもスカイツリーがそこにある
堂々とＬＣＣのカウンター

ＬＣＣ夫婦離れて座らせる
腹ぺコで乗りこむ便は飯が無い
冠雪の富士と山中湖のコラボ
窓際に座ったおかげ富士を撮る
空からも癒されますよ富士の山
地図帳を頭に浮かべ空の旅
日本は空から見れば山ばかり
空港でＨＩＳが出迎える
ガイドさん日本に居たと自慢げに
免税店旅の初めに連れてかれ
両替をいくらにするか揉めてみる
ホテル着まずはワイファイ確かめる
アイパッド日本のことをよく知らせ

三泊に妻が喜ぶバスルーム
台湾のトイレは紙を流せない
お隣にセブンイレブン嬉しいな
お勧めの台湾ビール摩訶不思議
口直し日本のビール流し込む
お噂の夜市も見ずにバタンキュー
カーテンを開ければ朝のハイウエイ
バイキング美味しいものと駄目なもの
市内観光さあどこへでも連れて行け
停止線先頭を行くオートバイ
クモの子を散らしてオートバイが行く
公園で社交ダンスのお年寄り
健康が一番というお国柄

行天宮線香持って畏まる
心がけ違うこちらの仏教徒
お茶の店五杯もお茶を試飲する
先生が入れるとお茶も美味しいよ
お茶を飲みゃメタボ治ると勧められ
結局は何か買わされ出るお茶屋
動かない衛兵試すにらめっこ
大理石蒋介石と石尽くし
足裏を試してみろと石の道
タクシーにぶつかったのかオートバイ
格安ツアー土産物屋を巡る旅
買い物になるとケンカになる夫婦
ショッピングやっぱり膝が痛みだす

昼食のビールで眠くなってきた
昼食後安くて痛いマッサージ
悪いとこ言い当てられたマッサージ
こめかみが悪いってどんなことだろう
もっともっと歩けとマッサージ師が言う
博物院白菜ごとき長い列
拡大鏡あっという間に次の人
長い列ダウンしそうな僕の膝
ゆっくりと見せたかったと博物院
一日に五食それでも居ぬメタボ
衛兵の交代式はお静かに
台湾もプチ整形が流行ってる
同じカメラですねと若い娘に言われ

小籠包エビシュウマイに蒸し餃子
LCC友達一人置き去りに
覗くだけです喧騒の夜の市
若者は夜市の色に溶けていく
年寄りだけ乗せてホテルへ帰るバス
曇り空それでも街は始動する
バイキング昨日と違う皿試す
十份へトイレ駐車が終わらない
平仮名もカタカナも無い表示板
山道の所々にある墓標
吊り橋を揺らし困らす妻がいる
大瀑布ナイアガラよりいいかもね
天燈に子々孫々の願い込め

舞い上がる天燈どこへ着くのやら
ローカル線発車するまで長い時
ローカル線炭坑用に日本軍
九份の階段膝を確かめる
長すぎる階段欲しいロープウェイ
好物の海老が足りぬと怒る妻
脳裏には千と千尋の神隠し
のんびりと湯婆婆の屋敷足休め
絶対に減量するぞ膝のため
階段の上り下りよりお茶が良い
天空の城でお茶と絶景と
繁華街夕食までの一時間
三越の前で道行く人ながめ

ゆっくりと歩いているぞカップルは
ケータイの文化日本と変わらない
日本語で話しかけられ照れ笑い
カップルもいろいろあるな台湾も
やり方が理解できないバーベキュー
お通夜の様です食べぬバーベキュー
へそ曲げた女の中にひとり居る
帰ったらソース焼きそばでも食おう
お互いに時計を見てる三時半
なんでまたこんなフライト選んだの
定刻を過ぎても来ない客を待つ
乗客に詫びたらどうだ遅刻者よ
それなりに楽しめました四日間

東地中海クルーズの旅（平成二十五年）

クルーズ旅第五弾、
騒乱のイスタンブールも。
ベニスのゴンドラを
ゆっくり楽しみました。

上弦の月が照らしている行路
バッグには塩野七生を忍ばせる
バス乗り場半分とじた目が並ぶ
午前四時信号通り走るバス
旅好きな妻に今度もついていく
行けるうちそれが家内の常套句

眠ろうとしても眠れぬバスの中
チェックイン済まし身軽になりましょう
マイレージルフトハンザはANAでつく
相方の気配りですかビジネスは
ラウンジで軽い朝食ビール付き
素晴らしいラウンジトイレまで視察
地中海二十四人の旅仲間
空の旅ビジネスクラス心地よい
洋食か和食といえば和食でしょ
前菜で腹一杯のご昼食
よく喋るうしろの客は熟女連れ
ほろ酔いの気分でフランクフルトまで
空の上弱くなったな囲碁ソフト

ベッドにも変身してしまう座席
EUのチェック日本より凄い
ベネチア行き天候悪く待ちぼうけ
添乗員最初にスリの話から
眠い眠い日本じゃ午前三時です
フロントで貰うワイファイパスワード
趣味人倶楽部アクセスできる嬉しさよ
316号入れば直ぐにバタンキュー
腹減ったそうか昨夜は食べてない
イタリアも日本と同じ朝が来る
偶然に同郷と知り盛り上がる
沢山のクルーズ船が着く港
ディビーナはソフィアローレン名付け親

各階にローマの女神居てござる
乗船の手続き割とスムースに
三組がヨットクラブのお大尽
乗船を迎えてくれるジャズピアノ
ソファまで付いたお部屋で心地よい
ベランダからベニスの街がよく見える
ヨーロッパは嫌だな固いパンばかり
給仕さんバリの話で踊りだす
日本語の説明会は五十人
ワイファイ料聞くが返事は後回し
忘れましょう日本　旅路を楽しもう
避難訓練三十分も前に行き
アナウンス英語がでてもちょっとだけ

のんびりと救命胴衣着衣ショー
出欠を取らぬ訓練何なんだ
デッキ出る救命胴衣持ったまま
出港は左舷に人が黒山に
職人技巨体操るタグボート
ゾウのような巨体のそりと動き出す
ベネチアは人と小舟で満ち溢れ
お船からみればベネチアおもちゃ箱
サンマルコ広場も人が埋め尽くす
お料理は去年の方が美味しいな
クルーズ船ジャケットなんか売ってない
買い物に行くと膝が痛み出す
クルーズは楽しや美女のショータイム

アクロバットショー半分寝てました
サンライズ期待できない曇り空
クルーズ船昔はここをガレー船
寝転んで本を読んでる船の朝
忙しそうな妻とのんびりする夫
避難訓練やっていないというレター
避難訓練証拠写真がありますよ
レセプション直ぐにOKしてくれる
どこまでも平地が続く長い靴
アドリア海南下バーリに着いた船
聖ニコライの説明を聴くギャグウェイ
貸切りのバスは日本のガイド付き
ガイドさんの説明耳に心地よい

アルベロベッロへ高速道路ひた走る
サクランボ畑の中を行くツアー
税金の対策からととんがり帽
アルベロベッロガイドブックで見た景色
トゥルッリのおとぎ話のなかに居る
土産物とんがり帽のお店にて
カップルのカメラマンです今日のボク
高台の全景息をのむ景色
カンツォーネ流れて眠い帰り道
お隣の仲間が歌うカンツォーネ
青い空手が届きそう白い雲
全景が撮れぬお船も困りもの
喧騒の中でランチの席が無い

⋯⋯

乱れ飛ぶ異国語僕ら異邦人
注文し待てど暮らせど来ぬビール
音も無く船はバーリを後にする
レパントの海戦読んで昼下がり
身支度に忙しい人寝てる人
夕食は投資話で盛り上がる
趣味多彩銀行員の能弁さ
給仕さんイタリア国旗身につける
サンセット間にあいましたはいパチリ
ショータイムイタリア人は大拍手
一時間時計進めて夢の中
モーニングコール妻の寝言で目が覚める
船内新聞フォーマルですというおふれ

サンライズ今日も一日いい天気
地中海雨には縁がなさそうだ
孫たちへ絵葉書書いている家内
カタコロン着けば小さな港町
イヤホーン付けず聞こえぬ人がいる
会いに行くギリシャ神話の神々に
安いもの買えなくなったオリーブ油
宝物は自国に送る発掘者
ギリシャ神話聞けばなかなか面白い
惑星とギリシャ神話にある秘密
ゼウス神権力者ゆえ色好み
発掘が続いていますオリンピア
オリンピア夾竹桃が咲き乱れ

始まった頃からあったレスリング
叱られぬ程度に石に腰かける
貝殻の石に野の花寄り添って
素っ裸になれずトラック走れない
点火場所相方粋にポーズとり
神殿の前で美人を隠し撮り
想像をしたより広いオリンピア
道路わき慰霊の小屋があるギリシャ
イカスミが嫌いな人と好きな人
カタコロン銀座通りはすぐ終わる
ディビーナの全景やっと撮れました
桟橋の風に吹かれている二人
昼食がだんだん美味くなっている

船が出るひとりはいそう乗り遅れ
乗り遅れ連絡事務所あるそうな
ガレー船現れそうな光る海
本を読むつもりがやはり寝てしまう
目を覚ます相方何か食べている
極道の妻に変身する家内
フォーマルの着替え僕なら五分だけ
食前酒二杯も飲めば良い気持ち
ガラコード添乗員も見違える
相方の和服女性にもてている
声量のテナーひと時酔いしれる
ショータイム終われば長い帰り道
朝日には充分すぎる空の色

キラキラの海にカモメがお出迎え
朝もやのなかにイズミールの港
イズミール丘の上まで家々が
ささやかな喧嘩朝食場所のこと
エフェソスの遺跡再び来いという
騒動は感じさせないイズミール
地中海風は僕らに優しすぎ
トルコ人のガイド結構親父ギャグ
自給率百パーセントの国トルコ
バスの中歴史の講義受けている
田園の中をエフェスへ三車線
エフェソスを思い出させた売り子たち
前回は二ドルのパンフ三ドルに

入る前二人で一ユーロのトイレ
大理石滑らないよに歩を進め
クレオパトラ歩いたろうかこの道を
カメラマンニコンのカメラ自慢する
安いけど僕もニコンのカメラです
六月の日差し昔も日焼けかも
間隔が狭すぎないかトイレ跡
拉致されてポーズをとっている家内
図書館も昔と同じ佇まい
図書館をバックにみなでハイポーズ
頭から水を被っているガイド
笑点が大好きというガイドさん
古代からあるのか木陰良い気持ち

革屋さんファッションショーで盛り上げる
大拍手ツアー仲間のショータイム
モデルたち売り子姿に早変わり
ゼロひとつ取れば家内が欲しがった
結局はどなたも買わぬ革製品
帰り道眠くなるよなバスの揺れ
すみませんメモ代わりですアイパッド
お昼寝の二人をよそにＢＢＣ
川柳を作ってみたとメモ用紙
川柳の素質漲る初投句
添乗員に質問酔った勢いで
才能さえあれば縁など要らぬもの
イスタンブール予定通りという知らせ

大笑いカンカンショーは入り乱れ
ショータイム三十分は短すぎ

さあ眠ろイスタンブールの夢を見て
サンライズ晴れてくれぬか朝の雨

日が射して姿現わすモスクたち
早朝のビュッフェに座る場所がない

騒動の傷跡見せぬ街の中
ブルーモスクディズニー並みの混雑さ

野良犬が横切っていく人の波
相方もショール被ってイスラムに

イメージがなかなか湧かぬモスク内
イスラムを知らぬと心通わない

トプカプ宮殿痛む膝には広すぎる

ガイドさん撮影スポット知っている
ヨーロッパの妻をアジアを背景に

のんびりとベンチに憩う仲間たち
昼食のケバブ美味いが多過ぎる

イスタンブール塩野七生になれぬまま
絨毯屋あの手この手で売りつける

原発の代わり絨毯買えと言う
絨毯は合わないでしょう和風家に

営業は人を見る目を持っている
いいねとは言うが買うとは言ってない

バザールで値切って買った記念品
喧騒を避けて寛ぐ痛む膝

スリなんて近づけないぞガイドさん

旅半ば気になりだした土産物
船室に帰ると我が家に居る気分
身ぶるいをひとつディビーナ港出る
コーランが流れ想い出後にする
お隣もベランダに出る出港時
シャワーしてパンツひとつで寝てしまう
目を覚ましゃ夕食時間過ぎている
意外にも美味しかったよピザの店
一杯のビールギターを聴きながら
ショータイム歌あり美あり技があり
四人もの美女が飛び出るマジックショー
カラクリを考えながら夢の中
終日航海今日は船内探検日

何もせず海を見ている至福時
皆さんはまだお休みか空くビュッフェ
のんびりといただくパンとフルーツと
飾り物ですよとパンに注意書き
バリのパンですよとバリの給仕さん
パスポート取りにおいでというおふれ
ベランダで塩野七生を読んでいる
名も知らぬ島が現われ消えていく
島に名を書いておくれよエーゲ海
ベランダで転寝しててていいですか
暇つぶし船内巡る旅に出る
朝十時カジノは遊ぶ人いない
ピアノバー夜の喧騒消し去って

値下げ品サイズの合わぬ物ばかり
欲しそうに妻が覗いているお店
ゆっくりと足を休める飲み屋街
フォトショップ見る気はあるが買う気ない
アクアパーク外国人が群れ遊ぶ
寒くないですかねそんな格好で
十六階行エレベーターが見つからぬ
十六階添乗員が助け舟
ギャラクシーランチで会った同郷者
十六階海を見下ろしイタリアン
日本で食べれば倍はする料理
お昼からシャンペン飲んでいいですか
お茶仕事話してみれば話合う

退職後言われる前にお手伝い
エレベーター降りて分かった登り口
ベランダに洗濯物がひるがえる
二時間も前から妻の着物ショー
ガラディナー私は妻の添え物で
髭くらい剃って行こうかフォーマル日
ガラディナー来ぬ二組が気にかかる
添乗員趣味はスキューバダイビング
売りつけるつもりはないとカメラマン
外人さん着物姿と撮りたがる
ピアノバー旅の仲間も加わって
ショータイムムーンウォークマイケルだ
マイケルとダブル波乱の人生路

マイケルの遺言かウィアザワールド
DVD欲しいが駄目と添乗員
うるさいと言うがイビキをたてている
カーテンを引くと日の出のタイミング
どうしても雲が邪魔するサンライズ
まだ乗っていたいが下船説明会
暇な人行っておいでと説明会
アンケート妻は厳しく書くと言う
エクセレント僕はやっぱり人道家
充電器の出番カメラとアイパッド
充電は出来ただろうか我が夫婦
ドブロブニク赤いお屋根がお出迎え
入港の様子ベランダ鈴なりに

おざなりのチェックでしたよパスポート
旧市街見下ろしているロープウェイ
ロープウェイ恐怖症だが乗ってみる
山頂は息をのむよないい景色
城壁の中で歴史の赤い屋根
海の青赤い屋根とがよく似合う
内戦の傷跡示す表示板
内戦は世界遺産もぶっ壊す
造船所今は小粋なレストラン
旧市街メイン通りは人の波
二十ドルやられたらしい人がでる
犯人は若い娘の二人連れ
交流のシンボル河を埋めた道

ネクタイの発祥地だと高級店
神聖な場所では膝が痛みだす
城壁の上の散歩は金を取る
羨まし城壁の上歩く人
一時間街行く人を品定め
品定めされているとは知らぬまま
ドブロブニク時折はっとする美人
ドブロブニク涼しい風も吹いてくる
仲の良い新婚さんもいる通り
アジア系熟女の群れはご用心
お帰りはパスポートなど見やしない
タクシーでぎりぎり間に合った二人
遅れたら自分で来いというお船

赤い顔酒ではなくて日焼けです
絵のような景色が流れ船が出る
一日の疲れを癒すハイネケン
アドリア海真っ赤に染めて陽が沈む
想い出を切り取っていくサンセット
迂闊にも部屋で寝ていたショータイム
爆睡の朝に朝日が眩しすぎ
荷作りは済ませましたと妻小言
サンセットサンライズとも同じ弦
蜃気楼のように陸地が見えてくる
チェックする飲み代だけの明細書
忘れ物ないが忘れぬものがある
ピザの店手荷物抱えひと休み

降りる頃やっと分かったクルーズ船
集合場所最後は縁のないカジノ
会える日があったらいいねディビーナよ
歩く歩くボート乗り場まで歩く
運河行くボートベネチア目の当たり
ボートから降りればホテルの真正面
荷を下ろし出かけましょうか街巡り
ガイドさん処刑場での待ち合わせ
宮殿の牢獄しばし居ましょうか
教会の見学サボりひと休み
教会で座っていたら鳩の糞
糞害で良かったスリに遭うよりは
サンマルコ広場も僕は異邦人

イヤホーン懺悔室から聞こえます
サンマルコ呼べば振り向くベネチア人
ガイドさんスリに遭ったと楽しそう
暇つぶし広場でしばし囲碁ゲーム
イカスミのパスタみんなでお歯黒に
仮面買う売り子が美人だったから
落ち着いた宿は立派な調度品
添乗員値切ったらしいゴンドラ舟
ゴンドラに乗る人街を歩く人
ゴンドラは救命胴衣ありません
値切ったらちょっと寡黙なゴンドリエ
ゴンドラですべて満たしたこの旅行
モーツァルトの家と船頭素っ気ない

ゴンドラの唄が聞こえそうな水路
ゴンドラを降りても風が心地よい
まったりとホテルで過ごす昼下がり
バスタブが使えますよと妻の声
バスタブで洗い流した鳩の糞
ベネチアの路地で美味しいイタリアン
生ビール周りはみんな赤ワイン
ムール貝のパスタ甘美なトマト味
ベネチアの路地に流れるカンツォーネ
ベネチアの夜に二人で飲むビール
早朝の広場ゆっくり時流れ
朝昼晩顔を持ってるサンマルコ
クルーズ船広場の前を通り行く

乗る時にまたもぶつけた頭頂部
スリたちも通勤するか自由橋
旅仲間メールアドレス交換し
空港のワイファイ孫の写真見る
最終日添乗員に大拍手
フランクフルト天気が悪くまた待機
サンダーストーム旅の予定を狂わせる
二時間の遅れでやっと空の上
成田行き時間通りに飛ぶと言う
急ぐ急ぐ成田行きまであと五分
ビジネスの入り口知らぬ田舎者
機内食行きも帰りも日本食
繰り返しコブクロを聴く空の上

日本海越えて出てきた虚脱感

ターンテーブル僕らの荷物出てこない

人間さえ乗せれば荷物後回し

運送費ルフトハンザが持つのかな

多分もう会えないだろう旅仲間

旅終わり妻の頭は次の旅

明日からはまた頑張りましょう仕事

日本漫遊記

リフレッシュ休暇一人旅（平成十二年）

勤続二十年のリフレッシュ休暇、北海道から九州まで友人知人を訪ねた十二日間の一人旅です。

さあ行くぞ仕事忘れた一人旅
旅先で粗相するなとカードくれ
哀愁を運ぶ夜汽車に人を恋う
飛ぶように走る夜明けの海の底
北海道空がでっかく手を広げ
手をつなぐ夫婦私はひとりぼち
有珠山の煙今日だけ穏やかだ

草を食む子馬天まで駆け上れ
裕次郎と歌う小樽の記念館
運河飛ぶカモメ私もカモメかも
あら汁が美味いガイドブックの店
忘れ物していませんか妻の声
荒波にカモメ群れ飛ぶ日本海
木々の名は知らぬが気持ちリラックス
立ち入り禁止ポプラ並木を歩く人
テレビ塔仰いで食べるジャガバター
次は誰今日の私はカメラマン
見学のふりで試飲をするビール
ジンギスカン玉ねぎマトン美味しいな
お兄さん寄ってらっしゃい夜の街

夜の雨喧騒すべて流し去る
留守電に元気と伝えバスを待つ
波高い洞爺湖遊ぶ人いない
句をひねるホッケ定食食べながら
紅葉と仮設住宅巡るバス
函館の夜景星空降ってくる
また来ると北海道に言い残す
寝たような寝てないような寝台車
旧姓がすぐに出てくるマドンナと
抽象画二人はなぜがうまが合う
お守りと渡すあの娘の手芸品
着くまでに長い房総ローカル線
コスモスの山里友と酒を酌む

運動と言って駅まで送られる
小雨降る鎌倉濡れて歩こうか
幼な友嬉し恥ずかしツーショット
酸性雨大仏様の肌荒らす
江ノ電で巡る長谷寺花の寺
江ノ島でサザンに会った夢を見た
母さんはさらに母さんらしくなり
この街に知人が住むというわさ
お昼からビールこの旅ビール漬け
うたた寝をする昼下がり駅の椅子
雀友に飲めない酒を付き合わす
飲んだくれの電話昔のマドンナに
サッカーを伝えるテレビ夢の中

雨が降る私が悪い訳じゃない
胸にある昔の俺を捨ててくれ
東山記憶を辿る散歩道
顔なんかどうでもいいでホッとした
ラブラブと中ラブ組で夫婦論
学生の洪水見えぬ清水寺
感傷が遠くの人に電話する
比叡山行ってみましょうバスに乗る
眼下にはびわ湖マドンナ思い出す
中堂で不倫カップル何祈る
穏やかな時が流れる比叡山
悪友も心配してる旅半ば
値切ったらフロもトイレもないホテル

漁火のビールホッケが踊ってる
いい話はないがビールで盛りあがる
通勤の流れ逆らい旅続く
白い木を探しに神戸降りて見る
人いないハーバーロード海に会う
この海を眺めていたいいつまでも
船に乗る裕次郎の気分かも
山陽道ローカル電車乗りつなぐ
犬がじゃれご馳走並ぶ友の家
言わないがお互い薄くなっちゃった
雨が降る福山城を後にする
立ったまま駅弁食べる技がない
めんたいこ蟹の代わりのおみやげに

お守りで成功するか縁結び
焼き鳥屋小さくなって見るテレビ
日本シリーズ勝っておくれよジャイアンツ
最終日ついに佐賀までやってきた
クスノキが何を語るかお城跡
お堀端甘く見すぎて足が棒
ケータイを待ってる駅の喫茶店
すぐそばでケータイ鳴らす姉妹あり
吉野ヶ里姉妹と住んでみたくなる
笑い乗せ佐賀路を走る疑似親子
若いっていいねなんでも笑い合う
空港のコーヒー別れの味苦い
想い出の往路飛び越す一時間

消しゴムで消せない僕の一人旅

秋田の旅（平成十九年）

お年寄りにお得な大人の休日切符で。
秋田美人に会えると期待した旅でしたが…。

大人の休日フリー切符で巡る旅
行儀良く天に向かって秋田杉
単線をのんびり走る新幹線
なまはげと秋田小町の二人連れ
新幹線ひなびた駅だ角館
角館二人で歩く武家屋敷
五百円安かったねえ青柳家

歴史知り歩いてみたい角館
昼飯は稲庭うどんと決めている
シャンソンが稲庭うどんに味を付け
亡き父が現れそうな並木道
お言葉に甘えて試飲してみます
ご苦労さん沈む夕日に生ビール
おにぎりで秋田の街へ飛び出した
朝散歩千秋公園風涼し
天守閣お守り人の温い顔
千秋公園兼六園を想い出す
のんびりと散策ねぶり流し館
竿灯を掲げた僕の旅自慢
お土産はいぶりがっこがいいと言う

タクシーの予約を入れて男鹿巡り
ほたて焼食べたかったが準備中
駅ナカでランチ分け合う二人連れ
男鹿線に知らぬ言葉が乗っている
お迎えが来ていてくれた羽立駅
真っ直ぐになまはげライン北に行く
満員の伝承館に滑り込む
沢山のなまはげ甘い顔も居る
なまはげよりお客に恐い人が居る
入道崎夕日をここで見たかった
運ちゃんのおまけで行った八望台
きりたんぽ美味しかったよバター焼
キョロキョロと秋田小町を探す旅

自由席新幹線にありませぬ
路線バス田沢湖畔へ二人だけ
田沢湖の森林浴でリフレッシュ
ナイスビューこんな景色も二人占め
野の花に癒しをもらう遊歩道
マラソンは出来ぬが散歩は出来ますよ
うどんそば比内地鶏にきりたんぽ
美味かった旅の終わりに十割蕎麦
結局は秋田小町に会えぬ旅

富良野の旅（平成二十年）

初めての北海道夫婦旅。
なんとなく決めた富良野をのんびり！

うろこ雲追って行きます北海道
番傘の百年さぼり二人旅
天気まで調べてくれるお節介
悪いことしていないのに警報器
レンタカーナビの扱い分からない
旭山動物園は人の波
あざらしもレッサーパンダも役者です

動物園妻の意外な素顔見る
まっすぐに延びた道路にある憂い
昼食の分も詰め込むバイキング
ドライブの疲れ癒している足湯
写メールで才女にバレたメタボ腹
北海道やっぱりこれだじゃがバター
辿り着く層雲峡は花が終え
スローライフ北海道は青い空
寝そべって見る父の顔母の顔
見ていない映画のセット見て回る
休みですラーメン屋にもある事情
朝霧と紅葉の山を見下ろして
バイキング妻は洋食僕和食

散歩道二人の道は霧の中

芸術に駆り立てさせる北海道

想い出に空港で食う上ちらし

二人とも好きだったのは散歩道

なだらかなパッチワークの丘と丘

北海道パッチワークの丘続く

老いらくの充電ここは富良野にて

伊豆の旅（平成二十一年）

格安の大人の休日フリー切符。
予定外の那須高原まで足を延ばしました。

大人の休日妻と二人で珍道中
踊り子はスーパービューが良かったな
冠雪の富士を目がけて踊り子号
喪の人のことは忘れて下田行き
旅に出りゃ忘れてしまう飲み薬
ペリーだかハリスだったか歴史バカ

下田公園登ってみたが何も無い
波音を聞いて無言になる二人
コーヒーも自慢お孫さんも自慢
黒船の歴史教える了仙寺
宝福寺お吉の墓に手を合わす
一時間早めに着いた露天風呂
効用も知らないままに露天風呂
バイキング妻は洋食僕和食
朝出がけ金庫が開かず焦る妻
昼食は抜きでいいよとバイキング
湯につかり朝日を見てる弓ヶ浜
フリー切符乗らにゃ損々予定外
旅先の話が踊る電車内

小田原城天守閣にはお土産屋
北条の歴史を学ぶ小田原城
熱海駅お宮の松はどこかいな
熱海駅間欠泉に虹が立つ
家康の足湯の最中着た訃報
旅先へあれやこれやの外人さん
貸切のお宿お魚食べきれず
水道山昇る朝日に鳥の声
予定変更宇都宮から那須高原
フリー切符紅葉を追って北紀行
古い物集めただけの郷土館
石造り銀行跡の喫茶店
三倍を旅したお得フリー切符

金沢の旅（平成二十一年）

新婚の次男坊夫婦と金沢へ。
我々の仲人さんに歓待して頂きました。

関越道若い二人は寝てござる
水田の緑が映える北陸路
ジャンクション家内がミスを告白す
旦那より私が先と若葉ちゃん
ゆっくりと走り始めた貴子ちゃん
慣れたのか追い越しかける貴子ちゃん

土曜日だ車の多い北陸路
次男坊運転前にトイレ行き
運転を子供に任せ眠られぬ
金沢弁優しく聞いているランチ
沢の屋は初めてづくし浜料理
四人共無口になったカニの足
勘定が気になりだした満腹度
新妻に目を細めてる仲人さん
仲人さんナビに二人は兼六園
団体に追い出しくってセミスイート
駅中の買出しでいい夜の宴
想い出を蘇らせる思案橋
本多町袋小路に入り込む

忍者寺駐車場は別の寺
犀川の辺りを歩き西の茶屋
野田山で次男夫婦はかしこまり
仲人さん心づくしの庭の花
野田山の墓地は美人も顔を出し
仲人さん美人の家聞くそつのなさ
金箔のお店に借りた駐車場
金箔の冷茶を飲んでひと休み
二階には金のトイレがあるらしい
東の茶屋独り歩くとカメラマン
武蔵ヶ辻行き交う人は夏の色
近江町売り物よりも人だかり
近江町ランチの前の品定め

庄川の香りを食す鮎の店
六人で山盛りの鮎食べきれぬ
能登路へとなぎさを走るハイウエイ
頻繁に小銭払えという道路
夏の陽を先取りしてるなぎさの子
有名な加賀屋の隣宿をとる
夕食は遅くていいというお腹
能登島の海を眺めている時間
加賀屋より百年古いという旅館
脱衣篭番号よりも動物で
内湯より少し温めの露天風呂
山盛りの料理格闘する時間
日本酒が飲みたくなった海の幸

鯛蟹鮎今度の旅は美食旅
夜中までテレビと鼾対話する
海沿いの曲がった道で車酔い
岩牡蠣に触手動かぬ満腹度
意地悪なナビは近道など言わぬ
白エビ丼パスして通る有磯海
若葉マーク少しうるさいナビが付く
高速路車のいない月曜日
最後まで運転したい若夫婦
美食旅シメはラーメン一杯で
帰り来て体重計は二キロ増
あっさりとリバウンドした美食旅

瀬波温泉の旅（平成二十一年）

新潟の瀬波温泉へ、脱衣場トラブルも。
帰りは出版でお世話になった喜怒哀楽書房さんへ。

なんとなく決まった旅で心地よい
ルート変更律儀なナビと喧嘩する
神様にお尻を向けてご休憩
古民家に塩鮭干してある景色
地下道は鮭の遡上の見学会
夕映えの宿も雨にはかなわない
露天風呂女の方は別らしい

源泉のお湯は温めの方がいい
日本海僕の裸をご覧あれ
旅二日雨は上がれど風がでる
指数え我慢比べのサウナ風呂
サウナ風呂体重計は笑顔でず
山形へ日本海を北上す
冬近し奇石波打つ日本海
公園の亀はのんびり甲羅干し
庄内の歴史を語る到道館
瀬波温泉ビール片手に見る夕日
夕映えの宿というだけある夕日
穏やかな海は拉致など忘れたか
ハワイなら金持ちだけのサンセット

出っ張ったお腹朝からサウナ風呂
脱衣場下着がないと騒ぐ人
他人だから笑い話ですむ話
風呂上がり家内はいつも待ちぼうけ
長風呂の訳はサウナとマッサージ
下着どろぼう妻も騒動聞いていた
バイキングついつい食べてしまう性
ナビさんが喜怒哀楽に連れて行く
初めての感じがしない女神たち
恐怖症ただだと知って朱鷺メッセ
しばらくは鮭のメニューを覚悟する

都電荒川線の旅（平成二十二年）

結婚記念日、なぜか都電に乗ってみようと。
よく行くお蕎麦屋さんはお休みでした。

記念日に都電荒川線の旅
祝日は満席だったグリーン車
グリーン券座れぬ客も持っている
大塚駅のんびり行こうぶらり旅
四百円一日券はガイド付き
甘泉園面影橋で降りてみる
大都会癒しの池に遊ぶ鯉

雑念を払ってくれる水の音
鬼子母神若葉やさしい大イチョウ
上川口屋へいへいへいと駄菓子売る
鬼子母神安産の札買い求め
お見かけは豪華桐箱入りの札
一日券同じ仲間がちらほらと
休日はお休みなのか長寿庵
長寿庵近くに好きなつけ麺屋
つけ麺とビールお腹に心地良い
信号で待つのも楽し荒川線
庚申塚巣鴨通りは人の波
高岩寺観音撫でる長い列
探せども川柳カフェが見つからず

僕よりも真剣だったカフェ探し
荒川線思いのほかのお客さん
子供にはもう夏ですね飛鳥山
飛鳥山そよ風ほほをなでてくる
早々と氷屋さんが店じまい
藤棚の下で他人は気にならぬ
ガイドブック近くに名園あるという
すぐそことおまわりさんは言ったはず
早足の妻に合わせて痛む膝
素晴らしい洋風和風ハーモニー
ガイドさん見つけ後ろを付いていく
説明が嬉しそうだねガイドさん
枯山水観光客が多すぎる

マンションに教えて欲しい四季の庭
秋にまた来よう紅葉の庭園に
高崎線お疲れなのか寝てござる
記念日もスーパー寿司と発泡酒

南房総の旅（平成二十二年）

一度行ってみたかった春の南房総。
暴風にお出迎えされました。

老い二人春を求めて房総へ
行き先に暴風待っているらしい
横風に揺られてひやり高速路
アクアライン通行止めでございます
荒波で迎えてくれる太平洋
波しぶき飛んできそうな漁師宿
お刺身が勝負部屋は六畳間

船盛のお刺身前にギブアップ
二人連れそのうち君ら家族連れ
野島崎波音聞いて遊歩道
真っ先に灯台登り目が眩む
嬉々として高所楽しむ妻といる
ピーナッツ買う気ないのにつまみ食い
菜の花の畑で妻が同化する
ファミリーパーク花に囲まれ歩を休め
手をつなぎうれしそうだね若い人
館山城辿り着くまで長い坂
うぐいすの声が聞こえる城の跡
万葉の道で探していたトイレ
大厳院ナビにつられて行き止まり

黒滝に駐車場などありません
本物かシェイクスピアの生家ある
セントシュバイン入り口どこか分からない
二日目はベッド四つもあるお部屋
山里に鳥とカエルの朝の声
ナチュラルイン思い出しているロッジ
写メールは迷惑だろう子供達
落ち着かぬ宿としばらく居たい宿
ソーセージが美味いしばらく居たい宿
お土産をしつこく探す枇杷倶楽部
崖観音古人の力思い知る
スタンドを探していたら那古の寺
海ほたる富士山隠す春がすみ

海ほたるのんびり見てた離着陸
高速路降りて近道行けとナビ
助手席で何を夢見て寝てござる

函館の旅（平成二十三年）

相方との二度目の北海道は函館。
大沼からの駒ヶ岳を期待も雨。

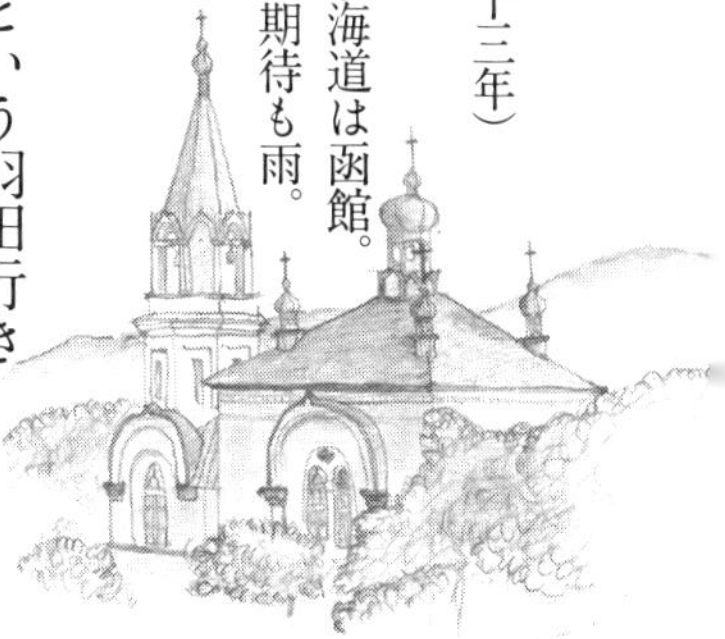

満席になりますという羽田行き
避暑に行く涼しくなって避暑に行く
バスの中コロコロコロとペンが行く
子供から土産のメールあれこれと
空港のショップが好きになった妻
北海道ラーメン羽田はパスをする
函館でグルメ三昧湯三昧
グルメ旅財布の紐を緩めすぎ

群馬より暑い函館避暑の旅
露天風呂独り占めして大はしゃぎ
湯の川の語源知りたや赤いお湯
旅に出て笑点だけは忘れない
バイキングあれもこれもで食べ残す
バイキングスイカは妻のためにある
漁火は見えぬが滑走路の灯り
取りあえず明日の予定を決めて寝る
湯の町も朝から走る人があり
サンライズ残念ながら寝過ごした
雨女散歩に出れば雨が降る
大沼の電車の前に朝市へ
試食したジェラート買ってみたくなり

どんぶり横丁見ているだけで満腹に
大沼へテイクアウトの海鮮丼
ばあさんがひとり降り立つ無人駅
大沼に爽やか過ぎる千の風
ああショック雲の帽子の駒ヶ岳
地図も見ず歩けばそこは蚊帳の外
太鼓橋いくつ越えたか散策路
群生のスイレン妻のうれし顔
モネの絵の中で至福の時が過ぎ
水鳥のダンスを見てる二人連れ
名産と聞けばだんごも買ってみる
注文のじゃがポックルをゲットする
バスよりも市電を選ぶ帰り道

大浴場空いてる訳が分からない
バイキング今宵天麩羅生ビール
予定表考えさせる朝の雨
三日目は日本全国雨模様
いろいろなカップル見てる朝の膳
予定決行老いて元気な二人連れ
湯倉神社小銭を出して手を合わせ
五稜郭タワー登れば冷や汗が
展望台足の震えが止まらない
最大の弱点高所恐怖症
歴史解説ながめただけで下に降り
五稜郭海鮮丼と天麩羅と
割引になったと自慢げな家内

登山バス昼は予定がありませぬ
目の前に修道院行きシャトルバス
相方の強い希望で修道院
函館の夜景次回にとっておく
一日券シャトルバスには使えない
資本主義修道院にも店があり
土産屋があると覗いて通る癖
修道院誰が悪いか雨しきり
食前のワインでほろりひと寝入り
露天風呂山もタワーも空港も
蟹汁が旨いぞ今日のバイキング
最終日雨具鞄にしまいこむ
乗り継ぎの切符乗り継ぎ急がせる

瓶詰めを値切ってみるが首は横
ロッカーに荷物預けて身軽旅
気は心教会群を巡る足
元町を歩くハイカラ気分です
ロープウェイ腕を伸ばせばすぐそこに
坂の街十年前を思い出す
生ビールゆったり飲んだ駅の店
焼きイカに天麩羅定食にしん蕎麦
空港が狭く見えますお相撲さん
お相撲さん側を通ればいい匂い
グルメ旅次回は夜景見にきます

奈良の旅（平成二十四年）

格安の奈良の旅。
のんびりお寺巡り。
しかし、拝観料も
嵩めば馬鹿になりません。

何となく行こうと決めた奈良の旅
修学旅行想い出はみなセピア色
新幹線解約したい指定席
窓口を通りなさいという切符
三泊四日三万円は安すぎる
お〜いお茶一本買えば二人分
真ん前の美女が欠伸をして困る

年寄りの旅はこだまで京都まで
日航ホテル夜はのんびりバイキング
法隆寺駅からバスが少な過ぎ
タクシーの運ちゃんに聞く歴史秘話
早朝の玉砂利踏んで法隆寺
法隆寺聖徳太子そこここに
あっさりと駄目を出されたカメラ音
十時でもないのに鐘が鳴っている
法隆寺百済観音見飽きない
考える仏に会った中宮寺
尋ねれば京都にあると法輪寺
斑鳩の里をてくてく法輪寺
たおやかに僕を見つめる仏たち

法起寺は田圃の中に凛と立つ
蓮池につついてみたい亀がいる
亀さんが動いただけで大騒ぎ
奈良の旅拝観料が積み上がる
賽銭箱どこの寺にも置いてある
法起寺をひとり占めした二人連れ
タクシーのつもりでいたがバスがある
薬師寺へのろのろ走るバスの旅
どの人も法衣姿は善い人だ
すっぽりと布を被っていた東塔
平山の壁画に想いを募らせる
唐招提寺バスを待つより歩きます
千手観音一本の手が無いらしい

お昼寝の時間ベッドで大の字に
湯上りにお水代わりに飲むビール
なら町の入り口あたり歩み止め
動くなと言われた街で殿気分
ワイファイが客室までは届かない
アイパッド囲碁とゴルフで遊ぶだけ
行き先を決めたつもりがまた戻る
バス停が沢山あって分からない
坊さんも自転車に乗りご出勤
法華寺の池にのんびり錦鯉
遷都後の苦労を語るデモテープ
近道を教えてくれたおばあちゃん
平城宮広い野原をてくてくと

ひとりふたり居なくなりそう平城宮
望遠で覗いてみます朱雀門
地図上はすぐそこだった駅の道
奈良公園鹿がそこまでお出迎え
東大寺修学旅行客ばかり
大仏の前で読経を聴いている
大仏殿柱の穴はもう無理だ
心地よい風に吹かれる二月堂
黒蜜がしっかり絡むわらび餅
大仏殿想いを抱いて生ビール
柿の葉寿司少しだけだが食べきれぬ
興福寺昼のビールが効いてくる
振りむくと鹿が居そうな奈良の街

猿沢の池で亀たち甲羅干し
なら町は家内の好きな店ばかり
お土産は決まっています鹿のファン
良い旅であったと妻のひとりごと
来年は京都に決めた歴史旅

吉野ヶ里川柳大会の旅

（平成二十五年）

大好きな吉野ヶ里川柳大会。お土産も頂けるし日本一の大会です。

わがままな卑弥呼に会いに吉野ヶ里
一時間早く普通の上野行き
電車内囲碁のソフトで暇つぶし
空港のワイファイ使いウェブ遊び
福岡行き新型機ではないらしい
スッチーに前に座られ落ち着けぬ

便利だね日本全国スイカにて
二年間積もる話を吐きだした
お土産のラスク頬張るすずとめい
たかぴょんと纏わりついたすずとめい
掘りたての筍づくし夜の膳
寿美ちゃんとプレスリーナイト生ビール
三日間老人ホーム初体験
散歩して春の息吹の佐賀の里
会場の準備筋肉痛になる
二百席イスが並ぶと壮観だ
花一輪机に置いて出来上がり
出し物の練習熱が入ってる
佐賀に来てやはり昼寝は欠かせない

明日の句が気になり出した昼下がり
豊作のタケノコ二百袋詰め
タケノコはクール便でと妻の指示
吉野ヶ里川柳大会朝が来る
お出迎えスタッフジャンパー身にまとい
初対面若々しいなカケルさん
じゃんけんぽん今年も負けてばかりいる
美味しいね山菜おこわ煮物付き
長持歌選者さんたち落ち着けぬ
二番目に呼名ができて一安心
主催者がどんどん抜ける吉野ヶ里
結局は三句も抜けてご満悦
カケルさん真島一家とご夕食

宿泊費要らないと言う経営者
三泊で折り合ったのが二千円
老人ホーム老女が歌う望郷歌
佐賀新聞見出しに僕の入選句
清弘さん命名「潤」という雅号
宅急便あれもこれもと詰めたがる
来年も来れたらいいな吉野ヶ里

あとがき

平成十年、癌の手術、放射線治療での三カ月間の入院生活の気晴らしに始めた川柳。それ以来、東京みなと番傘はじめいろいろな柳社にお世話になり、また川柳マガジンを愛読し川柳を楽しんできました。

平凡なサラリーマンの毎日ですが、そんな日常から脱出するには川柳はとても良いツールです。どんな人もその一生で出来ることは限られていますが、川柳は出来ないこともいとも簡単にやってのけます。風を吹かせたり、雨を降らせたり。自分ではとうてい体験出来ないようなことも想像を膨らませて五七五で詠むことが出来るのです。またいろんな人たちの句を鑑賞することで自分にはない新しい想いを想像し楽しむことが出来ます。自分の想いを詠むこと、他人の想いを読むこと、川柳は人間賛歌だと思っています。

番傘同人近詠巻頭に選んで頂いた自句に「人間が好きで人間やめられぬ」という句がありますが、本当を言えば、「川柳が好きで人間やめられぬ」です。人間をやめなくてはいけなくなるまで川柳を楽しみたいと思っています。

これまで「雷が病院入りを囃し立て」と「想い出はサラリーマンという時代」の二冊を上梓してきましたが、今回は旅日記です。幸か不幸か家内は大の旅行好き、「いつ行けなくなるか分からないから、行くのは今でしょう！」の言葉につられ年に数回の旅行を楽しんでいます。旅に出ると私の頭は一気に川柳モード、旅先でのいろんな出来事を日記風に五七五で詠んでいます。日記ですから説明句ばかりですが、もうひとつの趣味の写真と共に良い想い出になっています。そんな旅日記を纏めてみました。多くの川柳から珍道中の旅気分を味わって頂き、「ああ、こんな句だったら自分にも出来る！」と川柳を楽しむ人がひとりでも増えれば幸いです。

現役のサラリーマンでありながら度々の休暇を許してくれた職場の仲間にまずは感謝です。

出版をお願いした新葉館出版の竹田麻衣子さんに原稿をお渡しした際「三千句以上もあるから一般的な句集の割り振りにすると辞書のように厚い本になりますよ！」と驚かされました。この本はよくある「厳選何十句」というような高尚な句集ではありません。ただただ旅行中に認めた旅の川柳日記を纏めたものです。編集の労をお願いしアドバイスを頂いた竹田さんに深謝致します。

これまで上梓した二冊の表紙をお願いした会社の友人の石沢優さんに今回も表紙をお願いしました。相変わらず楽しい絵を頂きました。黄門様みたいな二人連れや地球儀の注文にも快く応じて頂きました。カットは自分でと思ったのですが生来の絵心の無さ、これも石沢さんにお願いしてしまいました。

懇意にさせて頂いている佐賀のわかば川柳会の真島清弘さんに一筆お願いしたところ快く受けて頂きました。温かい序文を頂き、感謝感謝です。昨年、清弘さんに頂いた雅号「潤」はとても気に入っています。雅号を「潤」にして以来、川柳の調子は上々です。

この句集は家内が旅行好きでなかったら陽の目を見ることは無かったでしょう。ほとんどの旅行は家内が計画し、私はついていくだけでした。そういう点では家内に感謝しなくてはなりません。家内に一筆お願いしたのですが、丁重に断られました。川柳には興味がないらしいです。内輪話を公開するようなこの出版については何も言いませんので、了解を得たものと思っています。

これから何年このような旅を続けられるかは分かりませんが、健康に留意して少しでも永く旅、写真そして川柳を楽しんでいけたらと思っています。

晴れる日も雨の降る日もある旅路

平成二十六年五月

勢藤　潤

【著者略歴】

勢藤　潤（せとう・じゅん）

本名、勢藤隆。
昭和 21 年　富山県西砺波郡福光町（現南砺市）生まれ。
昭和 45 年　金沢大学工学部（修）卒業。
昭和 45 年　日本化薬㈱入社。
平成 11 年　東京みなと番傘川柳会入会。
平成 13 年　番傘川柳本社入会。
平成 20 年　前橋川柳会入会。
平成２１年　川柳マガジン購読開始。
平成２３年　全国鉄道川柳人連盟入会。
平成２５年　川柳葦群入会。

川柳漫遊記

○

平成 26 年 11 月 1 日　初版発行

著　者
勢藤　潤

発行人
松岡恭子

発行所
新葉館出版
大阪市東成区玉津 1 丁目 9-16 4F　〒537-0023
TEL06-4259-3777 FAX06-4259-3888
http://shinyokan.jp/

印刷所
亜細亜印刷株式会社

○

定価はカバーに表示してあります。

ISBN978-4-86044-567-6